김치네 식구들

김치네 식구들

펴낸날 | 2013년 4월 15일 1판 1쇄
지은이 | 백명식
그린이 | 백명식
디자인 | 박기랑

펴낸이 | 은보람
펴낸곳 | 도서출판 달과소
출판등록 | 2010년 6월 21일 제2010-000054호
주소 | 우)140-902 서울시 용산구 후암동 403-15
전화 | 02-752-1895
팩시밀리 | 02-752-1896
전자우편 | book@dalgwaso.com
홈페이지 | www.dalgwaso.com

ISBN 978-89-91223-52-3 73810

김치네 식구들

글 · 그림 **백명식**

머리말

세상에는 맛있는 음식이 참 많습니다.

사람마다 입맛이 다르고 좋아하는 음식이 다르지만 우리

나라의 대표 음식인 김치를 싫어하는 사람은 없을 거예요.

어린이들 중에는 싫어하는 사람도 있다고요?

물론 맵고 짜다고 싫어하는 어린이도 있을 거예요. 하지만

엄마가 정성스럽게 담가 익힌 김치의 참맛을 알게 되면

다른 반찬보다 더 좋아하게 될 거예요.

배추속대를 살짝 절였다가 길게 찢어 무쳐 먹는 겉절이.

국물을 넉넉하게 붓고 맵지 않고 삼삼하게 담가 먹는 나

박김치.

매운 것이 싫다면 고춧가루를 쓰지 않고 다진 마늘과 생

강을 넣어 향긋하고 짜릿한 맛이 일품인 백김치.

갖가지 야채와 해물을 넣고 사이사이에 잣, 밤, 버섯, 실고

추를 보자기처럼 싸서 한 끼에 하나씩 꺼내 먹는 재미가 있는 보쌈김치.

그 밖에 무로 만드는 알타리 김치, 깍두기, 동치미.

그리고 오이로 만든 오이소박이, 가지로 만든 가지김치, 파로 만든 파김치 등 김치의 종류는 정말 많아요. 김치는 우리 민족의 지혜로움이 들어 있는 과학이라고 할 수 있어요. 김치가 건강식품으로 인정받는 것은 발효가 되면서 효소의 작용으로 젖산균이 자라 다른 미생물들은 죽고 염분에 견딘 젖산균만 남게 되기 때문이에요. 바로 이 젖산균이 식이섬유와 함께 장내 소화효소를 돕고 장 속에 있는 나쁜 미생물들의 번식을 막아준답니다.

이렇듯 김치는 맛은 물론 건강까지 챙겨 주는 훌륭한 식품이에요. 김치의 우수성을 널리 알려 우리나라를 대표하는 세계적인 식품으로 만들어야 하겠지요.

지은이 **백명식**

김치네 식구들

추추
솔직 담백한 성격.
활달하고 쾌활. 모험심이
강하고 불의를 보면
참지 못한다.

무무
덜렁대지만 의리파.
산전수전 다 겪은 것처럼
말하지만 실속이 전혀 없다.
(일명 : 바람든 무)

순무옥
얌전, 조신, 내숭파.
추추를 좋아하지만
겉으로는 항상 냉담하게
대한다.

마느리
톡톡 쏘는 듯한 말투와
자주 토라지는 성격이지만
바른 말을 잘한다.

고추남
냉철한 사고와 분석으로
모두가 좋아한다. 흠이 있다면
무슨 일이든지 끼어들기를 좋아한다.
순무옥을 좋아한다. 왕자병.

파순이
항상 밝고 말이 많다.
고추남을 좋아한다.
고추남처럼 촐싹거리며
잘 끼어든다. 공주병.

생강이
자신이 작고 못생겼다는
사실에 항상 불만이다.
같은 말을 두 번씩 반복하는
버릇이 있다.

칼가리우스
버무리 형제보다 더
무서운 카리스마를
가지고 있다. 무엇이든지
자르고 쪼갠다.

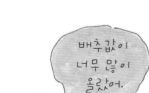

배추값이
너무 많이
올랐어.

농수산물 시장

차례

처음에는 나도 씨앗이었어.

우리는
채소 3형제.

3~4월이
되면 하얀
꽃이 피어요.

 마트 농산물 코너

"아으, 잘 잤다!"

추추는 한껏 기지개를 켜며 쓰윽 주위를 둘러보았습니다.

건너편 냉장 코너에 누워 자고 있던 고추남도 눈을 뜨고는 추추에게 아침 인사를 건넸습니다. 혀를 잔뜩 굴리고서.

"굿 모올닝, 미스털 추추!"

잘난 체하기 좋아하는 고추남이 눈꼴시어 못 보
겠다는 듯, 추추는 톡 쏘아붙여 주었습니다.

"어이, 추남! 넌 수입산이냐? 혀가 장난 아니게
꼬였구나."

안 그래도 빨간 고추남의 얼굴이 더욱 새빨갛게
달아올랐습니다.

"추남이라뇨? 저같이 잘생긴 추남 보신 적 있으
세요? 왜 남의 이름은 마음대로 바꿔 부르고 그
러세요."

"내가 뭘? 성은 고, 이름은 추남. 아닌가?"

"아이 참! 그리고 난 국산이라고요!"

그때 추추 옆에서 자고 있던 무무가 잠이 덜 깬
목소리로 버럭 소리를 질렀습니다.

"그만! 그만! 시끄러워서 잠을 못 자겠네!"

"무무! 네가 더 시끄럽다. 간밤에 추워서 제대로

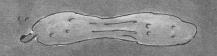

자지도 못했는데 꼭두새벽부터 웬 난리래? 제발 좀 조용히 해!"

앙칼진 목소리의 주인공은 얇고 투명한 속옷만 입고 있는 마느리였습니다. 냉장 코너에 안개 같기도 한 찬바람이 쏴아 하고 불자 마느리는 급기야 비명을 질렀습니다.

"아이 추워라! 냉방병 걸리겠네!"

"춥긴 뭐가 춥다고 그러니? 야무지게 생겨가지곤 엄살이 너무 심하다, 얘. 호호호."

언제나 잘 웃는 파순이는 이번에도 뭐가 그리 우스운지 제 말에 제가 웃었습니다.

그러고는 웃음기 머금은 눈으로 고추남을 쳐다보다가 흠흠, 목소리를 가다듬고 말했습니다.

"사실 추추 아저씨가 좀 심하셨어요. 고추남보고 추남이라뇨."

파순이의 말에 고추 남은 어깨를 으쓱하며 주위를 휘이 둘러보았습니다. 그것 봐, 난 잘못한 게 없어. 난 정당한 항의를 했을 뿐이고 오늘 아침의 이 소란은 내 탓이 아니란 말이야, 라고 말하는 듯이.

그러다가 그때까지 아무 말 없던 순무옥과 눈이 딱 마주치자 황급히 눈길을 거두었습니다.

눈 둘 곳을 못 찾고 어쩔 줄 몰라하는 고추남

15

을 보고 파순이는 그만 질투가 나 버렸습니다. 편들어 준 건 난데 순무옥만 좋아하는구나. 못난이 추남이!

그때였습니다. 장미꽃 무늬가 그려진 원피스를 입은 아주머니 한 분이 장바구니를 들고 오다가 멈춰 서서는 추추를 집어들었습니다.

"참 실하게 생겼구나. 단단하고."

그러자 아주머니 옆에 있던 키 작은 남자 아이가 물었습니다.

"엄마, 옆에 있는 배추가 더 큰데요? 큰 게 좋잖아요."

"크다고 다 좋은 건 아니란다. 너도 키는 작지만 건강하고 착하잖니."

키 작은 남자 아이가 활짝 웃었습니다.

장바구니 안 ❶

  추추를 시작으로, 아주머니는 장바구니 속에 무
무와 순무옥, 파순이와 고추남 그리고 마느리를 차
례차례 담았습니다.

  야채 친구들은 이리저리 흔들리는 장바구니 속
에서 얼굴을 마주하게 되었습니다. 고추남은 순무
옥과 가까이 있게 되자 또다시 얼굴을 붉혔고, 파
순이는 길고 푸른 머리카락을 바구니 밖으로 내놓

은 채 고추남의 얼굴이 점점 빨개지는 모습을 노려
보고 있었습니다.

"아얏! 자꾸 부딪치지 마. 아프잖아!"

역시 앙칼진 목소리, 마느리였습니다.

"내가 뭐 일부러 그랬니? 지구가 돈다는 말이
거짓말은 아닌가 봐. 지금 이 순간도 빙빙 돈다,
돌아."

"이 바보야, 아무리 지구가 돌아도 우린 느끼지
못해. 우리가 담긴 바구니가 흔들리기 때문에
어지러운 거라고!"

고추남 때문에 심통이 난 파순이가 괜한 무무에
게 팩 쏘아붙였습니다.

"말 다 했니? 바보라니!"

"내가 뭐 틀린 말했니?"

"이제 그만!"

바구니 안의 소란에 혀를 끌끌 차고 있던 추추가 드디어 입을 열었습니다.

"난 평화주의자야. 싸움은 싫다고. 너희들도 그러리라고 생각해. 그리고 우린 이제 같은 배를 타게 되었잖아. 앞으로 운명을 같이하게 될 거라고. 여기 오기 전까지는 각각 다른 곳에 있었지만 지금은 같은 곳으로 가고 있어. 우리가 어디로 가서 어떻게 될지 궁금하지도 않아?"

그러자 모두들 조용해졌습니다. 한동안의 침묵을 깨고 제일 먼저 입을 연 것은 나서기 좋아하는 고추남이었습니다.

"그건 그래요. 전 이곳에 오기 전에는 경상북도 영양군에서 태어나고 자랐답니다. 하지만 우리 조상의 고향은 원래 남아메리카래요."

고추남은 자신의 선조들이 처음으로 우리나라

고추 : 비타민 C가 귤의 세 배나 들
어 있으며 사과보다는 자그만치 오십 배나 많이
들어 있어요. 또 젖산균의 발효를 도와 주고 젓갈이 부
패하는 것을 막아 주며 맛이 시어지는 것을 막아 줘요. 고추
속에 있는 씨를 제거하면 매운맛이 덜해지지요. 가을 한낮 뜨겁
게 내리쬐는 태양빛 아래 바짝 말린 태양초는 빛깔이 선명하며 매
운맛이 강해요. 그러나 인공적으로 말린 화건초는 단단하지만 껍질
이 얇고 단맛이 나지요. 고추의 매운맛은 '캡사이신'이란 물질이 들
어 있기 때문이에요. 단맛은 당분 때문이고요.

에 들어오게 된 이야기를 들려주었습니다. 임
진왜란 때, 그러니까 약 400년 전에 왜군
이 조선 사람을 독한 고추로 독살하려
고 가져왔다는 이야기였습니다. 하
지만 조금 후에는 정확한 사실인
지는 모르겠다고 덧붙였지요.

21

심술이 덜 풀린 파순이가 의심스럽다는 듯 이렇게
물었거든요.

"그게 정말이니?"

고추남은 "나도 들은 얘기라서." 하고 머리를 긁
적였습니다. 그러고는,

"하지만 임진왜란 때 일본을 통해 우리
나라에 들어온 것은 사실이야.
기록에도 나와 있거든."

김치에
고춧가루를 넣었다는
첫 기록은 1766년
《증보산림경제》라는
책에 나와 있어.

영양 고추밭

　고추남은 처음엔 작디작은 씨앗일 뿐이었습니다. 모판에 씨를 뿌려 싹이 트면, 그 싹을 밭에 옮겨 심습니다.

　고추남은 다칠세라 자신을 조심조심 옮겨 심던 농부들의 손길을 기억합니다.

　마치 아기를 다루는 부모의 손길 같았지요.

　고추남은 배추나 무 같은 다른 채소들보다 추위

씨를 미지근한 물에
하루 정도 담가 놓아요.

물에 적신 면이나 헝겊에
싸서 2~3일 정도 있으면
하얀 뿌리가 나오기 시작해요.

정성스럽게
뿌려야지.

1월 하순에 씨를 뿌려 2~3회
옮겨심기를 하고

4월 하순에
아주심기를 해요.

아주심기를 한 후
30~40일 정도
지나면 수확을 하지요.

를 많이 타서 따뜻한 날씨와 햇볕을 아주 좋아했습니다.

냉장 코너에 있을 때 마느리보다도 더 추워했지만 씩씩해 보이고 싶어 춥다는 말을 하지 않았을 뿐이지요.

고추남은 무럭무럭 자라 어느덧 제 모습을 갖추어 나갔습니다. 목이 마르면 빗물을 마셨고, 배가 고프면 흙 속의 영양분을 빨아 먹었습니다.

농부들은 고추남이 더 잘 자라라고 흙에 거름도 뿌려 주었습니다.

어느 날인가는 키가 훌쩍 자란 고추남과 친구들을 위해 나뭇대를 세워 묶어 주기도 했습니다. 그래야 바람에 쓰러지지 않고 올곧게 자랄 수 있으니까요.

"이제 약이 올랐구나."

처음에 고추남은 농부 아저씨의 그 말이 무슨 뜻인지 알지 못했습니다. 하지만 얼마 지나지 않아 자신의 몸에 독하고 매운 기운이 생기기 시작한 것을 두고 하는 말이라는 걸 알게 되었어요. 농부들의 말을 주의 깊게 듣다 보면 알게 되는 일들이 많으니까요. 그만큼 농부들은 지혜롭고 슬기로웠습니다.

그러던 어느 날이었습니다. 자고 일어난 고추남은 제 몸이 온통 빨갛게 물든 모습을 보고 깜짝 놀랐습니다.

얼마 전까지만 해도 단단하고 초록빛이 나던 몸이었는데……. 병이 생긴 게 아닐까? 난 곧 죽게 되는 걸까? 무서워서 몸이 더 빨갛게 변하는 것 같았습니다.

더욱 이상한 것은 친구들 모두 자신과 같은 색으로 변해 있었다는 사실입니다. 하지만 아무 일도 일어나지 않았습니다. 다만 농부들이 와서 고추남을 따 트럭에 싣고 어딘가로 데리고 간 일밖에는.

난생 처음 나고 자란 땅을 떠나게 된 고추남은 두렵기보다는 매우 신이 났습니다. 새로운 세상은 늘 호기심을 갖게 하니까요.

장바구니 안 ②

이야기를 마친 고추남은 용기를 내어 순무옥을
돌아보았습니다.

"너, 너는 어디서 왔니?"

조용히 있던 순무옥은 눈을 반짝반짝 빛내며 입
을 열었습니다. 그러고 보니 오늘 처음 말을 하는
것이었습니다.

"으응, 나는 말이야."

27

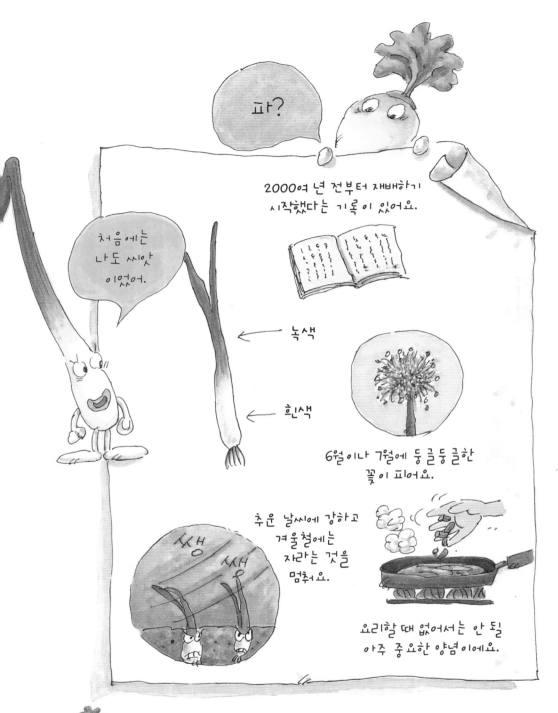

파?

처음에는 나도 씨앗 이었어.

2000여 년 전부터 재배하기 시작했다는 기록이 있어요.

← 녹색

← 흰색

6월이나 7월에 둥글둥글한 꽃이 피어요.

추운 날씨에 강하고 겨울철에는 자라는 것을 멈춰요.

요리할 때 없어서는 안 될 아주 중요한 양념이에요.

28

파 : 음식을 더 맛있게 하는 양념 중의 하나예요. 김치를 담글 때는 대파와 쪽파를 주로 써요. 중국에서 고려 이전에 들어온 것으로 기록되어 있어요. 일반 채소가 알칼리성인데 파는 산성에 속해요. 살이 하얀 부분보다 녹색 부분에 비타민과 칼슘 또 철분과 같은 영양소가 많이 들어 있어요. 또 파를 고를 때 굵고 큰 파는 줄기가 싱싱한 것을 고르고, 가는 파는 짧고 싱싱한 것을 고르는 게 좋아요.

그때 파순이가 끼어들었습니다.

"어머 고추남, 우리는 비슷한 점이 참 많구나. 나도 밭에서 살다 왔어. 처음에는 나도 씨앗이었고. 음… 조상은 좀 다르지만. 우리 선조들은 중국이 고향이래."

그러자 무무가 혼잣말로 중얼거렸습니다.

"쳇, 여기 씨앗 아니었던 친구도 있나? 밭 아닌

29

곳에서 살다 온 친구 있느냐고."

무무의 혼잣말을 알아들은 마느리가 말할 틈을 놓칠세라 얼른 이렇게 이야기했습니다.

"난 좀 다른데?"

"어떻게?"

순무옥의 대답을 들을 수 없게 되어 뾰로통해진 고추남을 빼고는 모두들 입을 모아 물었습니다.

"난 집 안에서 자랐거든."

"집 안?"

"비닐하우스 말이야."

"온도를 조절하기 위해 지붕을 덮었을 뿐이지 거기도 밭이잖아."

"어쨌든."

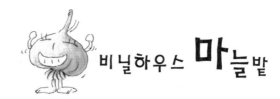

비닐하우스 **마늘밭**

"게다가 난 사람들 몸에 아주 좋아."

마늘이는 자랑스럽게 말을 이어 갔습니다.

"암을 예방하는 효과도 있고, 혈액 순환에 도움을 주기도 하지. 그뿐인 줄 아니? 피로를 풀어 주고 체력을 강하게 하는 데도 좋아. 또 소화가 잘 되게 도와 주고 살균 효과까지 있어. 그래서 옛날부터 동양뿐 아니라 서양에서도 마늘은 좋은 식품으로 대접받아 왔지."

"넌 너만 훌륭한 줄 아는구나. 나도 사람 몸에 얼마나 좋은데. 호호호."

"왜들 이러셔. 고추도 마찬가지야. 비타민C가 얼마나 풍부하다고."

"참 나, 무는 어떻고? 감기에 좋지, 소화에 좋지, 또 피부도 고와진대."

"알았어, 알았어. 하여튼 난 경상남도 의성이 고향이야."

마느리는 엄마의 얼굴을 떠올려 봅니다. 어렴풋하게 기억날 뿐이지만 엄마는 분명 마느리처럼 길쭉하면서도 둥그런 얼굴을 갖고 있었지요.

농부들이 통마늘을 쪼개 엄마를 땅에 심었다고 했습니다. 통마늘에 함께 있던 이모와 외삼촌들도 나란히 땅에 심어졌고요.

엄마의 몸에서 싹이 나고 잎이 자라 꽃이 피었을 때, 마느리가 태어났습니다. 하지만 마느리와 언니 오빠들의 몸에 살이 오르고, 그 살이 단단해져 갈수록 엄마는 늙어갔습니다. 그리고 어느 날 엄마가 보이지 않았습니다.

마느리와 언니 오빠들은 돌아가신 엄마가 보고 싶어 엉엉 울었습니다.

마늘 : 독특한 냄새와 매운맛이 나요. 단양에서 나는 육쪽마늘이 최상품이지요. 몸에 나쁜 유해균을 없애 주기도 하고 변비 예방에도 좋아요. 김치를 담 글 때 쓰는 마늘은 약간 붉은색을 띤 단 단한 것이 좋아요. 고추, 마늘, 소금 등은 옛날부터 귀신 을 막아 준다고 하여 제사 상에는 올리지 않는 풍습이 있어요.

어느 날 농부들은 비닐하우스 안의 마늘을 모두 뽑아 햇볕에 말렸습니다. 그러고는 그늘진 창고에 보관해 두었지요.

얼마나 그곳에 있었을까요? 아주머니들이 와서 껍질을 까기 시작했답니다. 마느리가 얇고 투명한 속옷만 입게 된 이유지요.

"엄마가 보고 싶어."

씩씩하고 야무진 마느리답지 않은 말이어서 모두들 의외라는 표정을 지었습니다.

"기운을 내. 실은 나도 마찬가지란다. 친구와 그만 헤어지고 말았거든."

이렇게 말한 것은 추추였습니다.

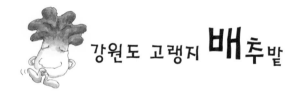

강원도 고랭지 배추밭

"나는 강원도에서 왔어. 높은 산에 있는 밭이었
지. 높은 곳일수록 낮과 밤의 온도 차가 심하게
마련이고, 일교차가 클수록 채소의 맛이 좋다고
들 했어. 그래서 고랭지 채소는 인기가 좋다나.
그건 그렇고, 내게는 여자 친구가 있었단다."

따뜻한 봄날이었습니다. 추추는 푸른 하늘에 흘
러가는 구름을 보며 콧노래를 부르고 있었습니다.

하늘이 하도 맑아서 기분이 좋아지는 날이었거
든요.
그때였습니다. 무언가 하얗고 작은 것이 나풀나
풀 날아오는 것이었어요.

처음 보는 것이라서 추추는 좀 어리둥절했습니다. 그런데 그것이 추추의 어깨 위에 살짝 내려앉더니 말을 건네오는 것이었습니다.

"안녕?"

"아… 안녕……?"

"난 배추흰나비야. 친구들은 그냥 '하얀 나비야' 하고 나를 부르지."

"난 추추야."

"알고 있어."

"어… 어떻게 나를 아니?"

"오래 전부터 네 곁에 있었거든."

"정말? 나는 너를 처음 보는데."

배추흰나비는 싱긋 웃어 보이더니 다시 하늘로 날아가 버렸습니다.

짧은 인사만 나누었을 뿐인데도 추추는 배추흰

나비를 잊을 수가 없었습니다.

작고 가벼운 날개로 하얀 나비는 어디까지 날아 간 것일까? 나를 어떻게 알고 있는 것일까? 왜 내게 말을 걸었던 것일까? 나처럼 한 곳에 뿌리박고 있지 않으니 심심하지도 않을 텐데.

그날 이후 하얀 나비는 매일매일 추추를 찾아와 세상의 이야기를 전해 주었습니다. 야생꽃들이 얼마나 예쁜지, 산에는 어떤 나무들이 살고 있는지, 산 아래 마을은 어떻게 생겼는지…….

그날도 추추는 하얀 나비를 기다렸습니다. 오늘은 나를 어떻게 알았는지 꼭 물어봐야겠다고 생각하면서.

하얀 나비가 왔을 때, 추추가 물었습니다.

"넌 우리가 처음 만난 날 이미 나를 알고 있다고 했었어. 난 네가 어떻게 나를 알았는지 궁금해."

배추 : 배추는 속이 꽉 차고 들어 보았을 때 묵직한 것이 좋
아요. 속은 연노랑, 중간은 연한 백색. 겉은 녹색이 좋아요. 배
추를 손질할 때는 먼저 겉잎을 떼고 밑동에 칼집을
넣은 후 손으로 쩍 갈라야 좋아요. 소금물
에 적당한 시간을 담갔다가 김치의
재료로 쓰면 되지요.

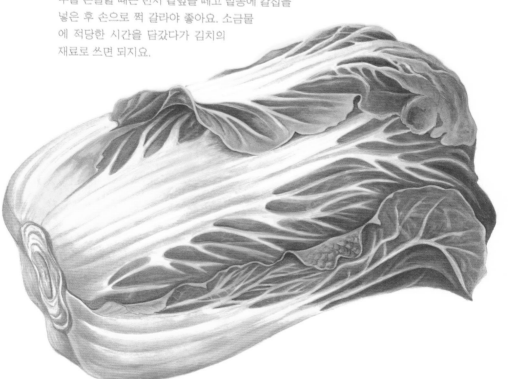

"사실은… 사실은 말이야, 난 예전에 배추벌레
였어."

추추는 믿어지지가 않았습니다. 내 친구 하얀

나비가 배추벌레였다니. 배추벌레는 배추의 잎을
갉아먹고 사는 해충이니까요.

추추는 배추벌레 때문에 잎이 따끔거렸던 기억
이 났습니다. 그때는 배추벌레를 얼마나
미워했던지요.

"그래서 너에게 미안하고, 그만큼
고맙기도 했어. 네가 아니었다면
난 나비가 되기도 전에 굶어죽었
을 테니까."

추추야.

안녕.

고랭지
최고의
배추야.

출발~

부릉 부릉

고속도로

추추는 솔직하게 말해 주는 하얀 나비를 용서해
주기로 했습니다.

"괜찮아. 난 별로 아프지도 않았는걸. 네가 이렇
게 예쁜 날개를 갖게 되어서 난 기뻐."

봄이 가고 여름이 왔습니다.

추추와 하얀 나비의 우정도 깊어만 갔습니다.

하지만 농부들이 와서 추추와 친구들을 땅에서
뽑아 커다란 트럭에 차곡차곡 쌓았습니다. 친구들
이 속삭였습니다.

"우리를 도시로 데려가려는 거야."

"시장에 내다 팔 거야."

배추값이
너무 많이
올랐어.

농수산물 시장

추추는 걱정이 되었습니다. 하얀 나비가 올 시간이 아직 멀었기 때문이었습니다. 하얀 나비가 왔다가 텅 비어 버린 배추밭을 보면 얼마나 슬플까? 하얀 나비에게 내가 떠난다는 사실을 알려 주어야 할 텐데.

그러나 하얀 나비가 오려면 멀었습니다.

추추는 온몸의 기운이 모두 빠져 버리는 것 같았습니다.

그런데 트럭에 실려 산길을 내려갈 때였습니다. 저 멀리 작고 하얀 무언가가 트럭을 쫓아 날아오는 듯이 보였습니다.

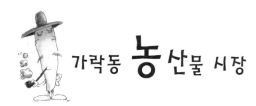

가락동 **농**산물 시장

"그래서 어떻게 됐어요?"

늘 호호 웃던 파순이가 이번에는 착 가라앉은
목소리로 물었습니다.

"내가 본 것이 정말 하얀 나비였는지는 잘 모르
겠어. 어느 순간 거짓말처럼 사라져 버렸거든.
게다가 트럭은 너무나 빨랐단다. 결국 우리는
작별 인사도 제대로 나누지 못한 거지. 농산물

43

시장에 도착할 때까지 난 하얀 나비 생각만 했

단다."

분위기를 바꿔보려는 듯 무무가 불쑥 끼어들었

습니다.

"아저씨도 거기에 계셨어요? 전국에서 온 온갖

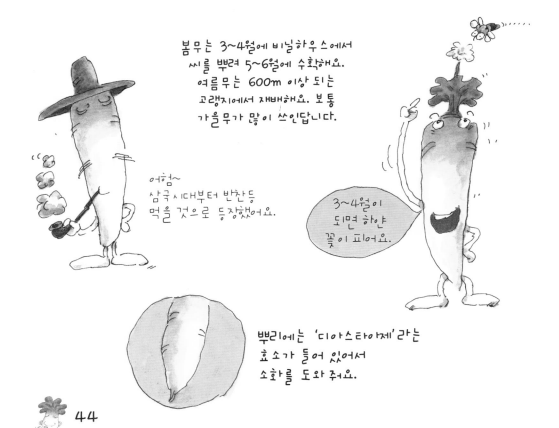

봄무는 3~4월에 비닐하우스에서
씨를 뿌려 5~6월에 수확해요.
여름무는 600m 이상 되는
고랭지에서 재배해요. 보통
가을무가 많이 쓰인답니다.

어험~
삼국시대부터 반찬등
먹을 것으로 등장했어요.

3~4월이
되면 하얀
꽃이 피어요.

뿌리에는 '디아스타아제'라는
효소가 들어 있어서
소화를 도와 줘요.

44

야채며 과일이 모두 모여 있던
그 커다란 시장 말이에요."
　　무무는 사람들이 북적거
리던 농산물 시장을 떠올
렸습니다.
　　산지에서 올라온 채
소들은 그곳에서 소매
상들에게 팔려 나간다
고 했습니다. 그렇게 해
서 무무는 마트에 오게
된 것이었지요.

　　무 : 깍두기, 무말랭이, 단무지 등을 만들 때
쓰이지요. 소화를 돕는 효소가 들어 있으며 탄수
화물, 지방, 단백질, 섬유질 등이 풍부해요. 수분이
많은 무는 배추 소로 쓰고, 작은 것은 깍두기로 쓰면 좋
아요. 동치미용으로 쓰는 무는 모양이 매끈하고 윗부분이
파랗지 않은 재래종을 쓰는 것이 좋아요. 무는 크고 들어서
묵직하고 단단한 것이 좋아요. 껍질이 희고 고른 것이 물론 좋
지요.

대부분의 야채들이 그런 경로를 거쳐 사람들에게 전해진다고 했습니다.

"그러고 보니 다들 굉장한 여행을 했구나. 나도 충청도에서 왔고."

고추남이 무무의 말을 받았습니다.

"하지만 우린 아직 순무옥이 어디서 왔는지 모르잖아?"

'내 고향은 전라도인데' 하고 속으로만 중얼거린 건 파순이였습니다.

"으응, 난 강화도에서 왔어."

드디어 순무옥이 입을 여는 순간이었습니다.

장바구니 안 ③

"너희들 고향도 그렇겠지만, 강화도에도 특산품
이 많아. 하지만 먹을 것으로는 뭐니 뭐니 해도
순무김치가 제일 유명하단다."

"김치?"

모두 입을 모아 외쳤습니다.

"그게 뭔데?"

"사실은 나도 잘 몰라. 그냥 그런 말을 들었어."

채소 3형제

"그건 음식이야."

추추가 대답했습니다.

하지만 자세히는 알지 못했기 때문에 그만 입을 다물어 버렸지요.

"그럼 넌 김치가 되어 사람들 입 속으로 꿀꺽 삼켜지겠구나. 호호호."

파순이의 말에 순무옥의 얼굴은 하얗게 질렸고, 고추남의 얼굴은 빨갛게 상기되었습니다.

"그럼 넌 뭐가 될 것 같은데?"

마느리가 톡 쏘는 말투로 묻자 파순이는 또다시 호호거리며 대답했습니다.

"나는 아마 화초가 되지 않을까? 아주머니는 나를 화분에 심어서 창가에 놓아두려고 사셨을 거야. 나는 또 꽃을 피울 수 있을 테니까. 너희들

눈꽃같이 하얀 예쁜 고추꽃. 히히.

화초처럼 탐스러운 파꽃. 호호.

파꽃 못 봤지? 얼마나
예쁘다고. 호호호."
무무도 거들고
나섰습니다.
"내가 이래 봬도
바탕은 잘생겼다고.
아주머니는 내 몸에 묻은
진흙을 털어 내고 잔털도 깎아 주고 물에 깨끗
하게 씻어서 집 안에 놓아두고
내 미끈한 얼굴을
감상하실 거야."
그때, 추추가
그들을 제지하며
나섰습니다.

옹기종기 모여 있는 무꽃.

나를 닮아 몽실몽실한 배추꽃.

49

"잠깐, 너희들은 도무지 순무옥이 말할 틈을 주지 않는구나. 우린 순무옥의 이야기를 듣던 중이었어."

"내가 하고 싶은 말이 그 말이에요. 순무옥아 계속 해 봐, 너의 이야기를."

고추남의 말에 순무옥은 다시 한 번 입을 열었습니다.

강화도 순무골

"우리 조상은 처음 유럽에서 태어났대. 우리나라에 들어온 것은 중국을 통해서고. 하지만 천 년 동안 우리 순무들은 강화도에서만 살았다고 해. 음… 아까 마느리는 비닐하우스에서 자랐다고 했는데, 사실 비닐하우스보다 그냥 밭에서 자란 채소가 더 좋대. 아니, 아니, 오해하지는 마. 적어도 우리 순무들은 그렇다는 얘기니까.

나도 순무골이라는 마을의 황토에서 자랐고."
순무옥은 차분히 이야기를 들려주었습니다.
"나는 내 고향 강화도가 좋았어. 사람들은 늘 우
리 이야기를 했고, 우리를 자랑스러워했거든.
순무가 얼마나 맛이 좋은지, 또 얼마나 영양가
가 높은지, 그런 순무로 담근 김치가 얼마나 별

미인지……. 그래서 나도 우리 순무들이 자랑스
러웠어. 다른 순무들도 그랬고.
　강화도를 찾아오는 사람들은
꼭 순무김치 맛을 보고 가고는 했
지. 다른 지방에는 없는 것이니까. 다
른 지방에서는 순무를 키워도 우

순무는 인삼맛과
비슷하고 몸에도
좋아요.

리 고향에서 키운 순무 같지가 않대. 보랏빛도 돌지 않고 우리들만의 쌉싸름한 맛도 안 난대. 아마 강화도의 날씨와 땅의 특성이 우리 순무들을 특별하게 자라게 하는 거겠지.

아이, 너무 자랑만 한 것 같다. 하지만 이해해 줘. 자기 고향을 사랑하지 않는 채소들이 어디 있겠니. 날씨와 땅의 성질은 지방마다 다 달라서 채소들도 다 특색이 있고, 그 특색은 소중하고 자랑스러운 거잖아."

"순무옥 말이 맞아. 나도 내 고향 전라도가 정말 그리워."

파순이는 순무옥을 그윽하게 바라보는 고추남을 보았지만 심술 내지 않고 가만히 말했습니다.

장미 아주머니 집 **주방**

아주머니는 장바구니를 식탁 위에 올려놓고는
"아이구, 허리야" 하며 손으로 허리를 짚었습니다.
키 작은 남자 아이가 걱정스러운 듯이 물었습니다.
"엄마, 아파요?"
"아프긴… 좀 피곤해서 그래."
장바구니에서 하나씩 채소들을 꺼내 놓으며 아
주머니가 말했습니다.

"엄마, 김치 안 해 주셔도 돼요."

"우리 아들 김치 담가 주려고 이렇게 장을 봐 왔는데? 우리 아들이 김치를 얼마나 좋아하는지 엄마가 잘 알지."

"그래도 엄마가 피곤하시잖아요."

"녀석도."

아주머니는 키 작은 남자 아이의 머리를 쓰다듬어 주었습니다.

"한숨 자고 일어나면 괜찮아지겠지."

아주머니는 안방으로 들어갔습니다. 키 작은 남자 아이도 엄마 뒤를 따라갔습니다.

어디선가 날카로운 쇳소리가 들려온 것은, 모자가 주방에서 사라진 직후였습니다.

"여어, 새로운 손님들이 오셨구먼!"

모두들 소리 나는 쪽을 찾아 고개를 두리번거렸

습니다. 칼날을 번쩍이며 도마 위에 서 있는 그를
제일 먼저 발견한 것은 파순이었습니다.

"참 이상하게도 생겼네! 호호호."

순간, 그의 칼날이 더욱 번뜩였습니다.

"뭐라구? 내게 감히! 단칼에 너를 베어 주마!"

친구를 위협하는 낯선 물건에 발끈한 고추남이 정의감에 몸을 부르르 떨며 앞으로 나섰습니다.

"넌 뭐냐? 매운맛을 좀 보여줄까?"

'어쩜, 고추남은 역시 멋져.'

파순이가 두 손을 모아 쥐고 속으로 중얼거릴 때였습니다. 냉장고 밑에 떨어져 있던 무언가가 공처럼 통통 튀어오르며 소리쳤습니다.

"애들아! 애들아! 조심해! 조심해! 저 녀석은 아주 위험한 놈이야!"

"쟤는 또 누구지? 아이 우스워라. 호호."

안절부절못하며 이리 뛰고 저리 뛰는 그 모습이 우스워 파순이는 또 호호 웃고 말았습니다.

다른 친구들도 작고 울퉁불퉁해서 볼품없는 그

59

를 보았지만, 아무도 그의 말에는 신경을 쓰지 않
았습니다.

다만 추추가

'생강이로군. 저 아이는 이 집에 먼저 와 있었으
니 우리보다 아는 게 많을 거야.'

생각하며 고추남 앞으로 한 발짝 나섰습니다.
그러고는 양팔을 벌려 친구들을 보호하듯이 하고
그에게 말했습니다.

"초면에 실례가 많습니다만, 댁도 무례하긴 마
찬가지군요. 아, 또 화내진 마시고. 자, 자, 우리
인사나 합시다. 난 추추요. 댁은 누구십니까?"

"나? 그 이름도 유명하신 칼가리우스 님이시다!
쓱싹쓱싹 싹뚝싹뚝 눈에 보이는 건 뭐든지 절단
내 버리지!"

그러자 냉장고 밑의 생강이가 말했습니다.

"그것 봐. 그것 봐. 내가 위험한 놈이랬잖아."

추추는 짐짓 아무렇지도 않은 듯 점잖은 목소리로 말했습니다.

"반갑소. 그럼 우리 친구들을 소개하지요. 이쪽은……."

"알아, 알아. 천하의 이 칼가리우스가 너희를 모를 것 같아?"

모두들 눈이 동그래졌습니다.

"우릴 안다고?"

"내가 너희 같은 애들 한두 명 겪어 본 줄 알아? 조금 있으면 김치가 될 주제에!"

"오늘은 김치 이야기를 참 많이 듣게 되는군요. 저희도 대강은 알고 있습니다만, 대체 그 김치라는 게 정확히 뭡니까?"

"김치라면 내가 잘 알지!"

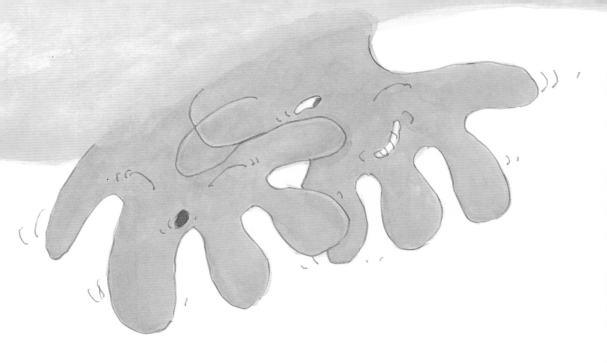

"그럼 그럼. 우리가 잘 알지!"

개수대 옆에 걸려 있던 분홍색 팔 두 개가 번갈아 몸을 흔들며 끼어드는 것이었습니다.

"쟤들은 또 뭐야?"

"사람 팔같이 생겼네."

"쌍둥인가 봐."

"애들아! 애들아! 조심해! 조심해! 큰 버무리 작은 버무리, 버무리 형제도 무서운 녀석들이야!"

새로운 인물의 등장으로 주방은
한바탕 또 소란스러워졌습니다.
손가락을 입에 대며 조용히
하라는 신호를 보내
고 나서, 추추는
또 대표로
나서서 말했
습니다.
　　"그렇게 잘 아신다면
　　저희들에게 좀
　　가르쳐 주시지요."
　　"흠흠. 김치란,
　　발효 식품이야."
　　"흠흠. 김치란,
　　전통 음식이야."

도무지 무슨 말인지 알 수 없다는 표정으로 모두들 버무리 형제를 바라보았습니다.

"모두들 받아 적을 준비 다 됐지? 뭐? 연필이 없다고?"

"종이도 없다고? 그렇다면 할 수 없지. 그냥 조용히 들어!"

버무리 형제의 이야기 ①

옛날 옛날 한 옛날, 그러니까 약 3천 년 전부터 우리나라 사람들은 채소를 소금에 절여 먹었어. 사계절 싱싱한 야채를 먹을 수 있는 지금과는 달리 그때는 비닐하우스 같은 것이 없었기 때문에 겨울에는 채소를 먹을 수 없었지.

하지만 소금에 절여 두면 야채가 썩지 않잖아. 그렇게 저장해 두었다가 겨울이 되면 채소에 풍부하게 들어 있는 비타민과 무기질을 섭취했던 거야.
그것이 김치의 시작이라고 할 수 있지.

특히 삼국 시대의 고구려 사람들은 장이나 젓
갈, 김치류 등 발효 식품을 잘 담가 먹었대. 고려
시대 학자인 이규보가 지은 〈동국이상국집〉이라는
책을 보면 이런 말도 있어.

옛날 사람들이 지금의 김치를 먹는다면 너무 매워서 먹지 못할 거야.

무말랭이

맛있는 무장아찌

물 물

열 열

왜냐 하면 아주 옛날에는 우리 나라에 고추가 없었기 때문이지요.

'무청을 장 속에 박아 넣어 여름철에 먹고 소금
에 절여 겨울에 대비한다.'
　순무장아찌와 순무소금절이에 관한 글도 있어.

옛날부터
소금은 귀한 음식
재료로 쓰였구나.

고추는 고기나
생선에서 나는
냄새를 줄여 주고
썩는 것도
막아 줘.

소금 술~술~

순무소금절이

고추는 일본이 1592년 임진왜란 때
우리 나라로 들여왔어요. 그때부터
지금 우리가 먹는 고춧가루가 들어간
김치를 만들어 먹게 된 거예요.

그런데 그때까지만 해도 김치에 고추가 들어가지 않았어. 고추가 우리나라에 들어온 것은 조선 중기 이후이니까 말이야. 사람들은 그제서야 소금에 절이기만 했던 채소에 고추를 넣게 되었지. 그때부터 김치의 빛깔도 맛도 예전과는 많이 달라졌던 거야. 종류도 다양해지고.

　　김치가 얼마나 오래 전부터 우리 민족의 중요한 음식이었는지 이제 알겠니? 음식에도 역사가 있단다. 아주 오랜 세월이 흐르는 동안에도 사라지지 않고 지금까지 남아 있는 것들에는 다 그럴 만한 이유가 있는 거야.

　　김치는 끊임없이 변화해 왔지만, 그 기본은 여전히 그대로야. 맛이 좋고 영양가가 높기 때문에 사람들은 지금까지도 잊지 않고 김치를 담가 먹고 있지.

너희들 각자에겐 다 장점이 있어. 그런 너희들이 김치가 되면 그 장점들은 두 배, 세 배로 더 커진단다. 김치가 익어 가는 것이 발효되는 것인데, 발효되면서 생기는 유산균은 사람들 몸에 아주 좋대. 비타민을 만들어 주고 항균 작용을 하고 암이 생기는 것도 막아 준단다.

　　음식을 먹는 일은 아주 중요해. 사람들은 매일 하루에도 몇 번씩 밥을 먹잖니. 물론 채소들도 마찬가지고. 깨끗한 물을 마시고 좋은 흙의 양분을 먹고 자라야 너희들이 건강하듯이, 사람들도 좋은 음식을 먹어야 무럭무럭 자라고 몸도 튼튼해지는 거야.

　　김치는 여러 다른 나라에 수출도 하고 있고, 이제 세계적인 음식이 되어 가고 있단다.

"잠깐만! 잠깐만!"

생강이였습니다.

버무리 형제의 이야기에 푹 빠져 있던 친구들은 '대체 왜 그러는 거야?' 하는 표정으로 생강이를 내려다보았습니다.

"그런 말로 우리를 유혹하지 마! 유혹하지 마! 정말이지 무서운 녀석이라니까!"

73

"맞아! 맞아!"

어느새 생강이의 말투를 닮아 버린
무무가 맞장구를 쳤습니다.

"김치가 아무리 좋은 음식이라도
난 김치가 될 생각은 추호도
없어! 소금에 절여져서 고춧
가루에 버무려지긴 정말 싫다고!"

실어! 실어!
난 소금에
절여지기 실어!

"나도 마찬가지야. 난 우아한 화초가 되고 싶어.
그렇지 않니, 고추남? 호호호."

고추남은 잠깐 생각에 잠겼습니다.

그 사이, 추추가 말했습니다.

"하지만 우린 아직 김치에 대해 잘 몰라. 이야기
를 마저 들어 봐야 하지 않겠어?"

잠시 끊겼던 버무리 형제의 이야
기가 다시 시작되었습니다.

난 우아하고
예쁜 화초야!

버무리 **형**제의 이야기 ②

　김치의 종류는 아주 많단다. 각 지방마다 특색 있는 김치들이 있고 같은 배추김치, 같은 열무김치라도 속에 넣는 재료는 조금씩 달라.

　전라도 김치로는 고들빼기김치와 갓김치가 유명하고, 충청도의 대표적인 김치는 나박김치야. 북쪽 지방이라 짜고 맵게 김치를 담글 필요가 없었던 평안도는 백김치, 해산물이 많은 제주도는 해물

김치를 많이 담가 먹는단다.

이제 옛날부터 서울에서 많이 먹었던 배추김치를 예로 들어 김치 담그는 법을 알려 줄까?

요즘에야 옛날처럼 김치를 많이 담그지도 않고, 공장에서 만든 것을 사 먹기도 하지만, 겨우내 먹을 김치를 담그는 일은 여전히 큰일이지.

예전에는 김장을 하는 날이 마치 잔칫날 같기도 했어. 온 가족이 모이고 이웃 사람들까지 도와 주러 온 그날은 집 안이 북적거렸으니까.

배추는 쪼개서 적당한 소금물에 담가 절인 후 물기를 빼. 무는 채 썰고 파도 어슷어슷 썰어 놓아. 생강과 마늘은 다지지. 그런 다음 고춧가루와 황석어젓을 넣고 한데 버무리는 거야. 물론 다른 재료를 더 넣을 수도 있어. 미나리나 갓 같은 채소나 새우나 굴, 청각 같은 해산물을 넣어 시원한 맛

소금물

❶ 절이기
배추는 겉잎을 떼고 다듬은 후
밑동에 칼집을 내고 반으로 쪼개요.
이것을 소금물에 절이지요.

생강   마늘   고춧가루

젓갈   파

❷ 양념 준비하기
마늘, 파, 생강, 고춧가루 등
을 준비해요.

무채를
만들어요.

파, 미나리, 갓 등을 썰어 놓아요.

마늘을 다져
놓아요.

❸ 여러 가지 재료 준비하기

갖은 양념

❹ 버무리기
양념과 기타재료 등을
섞어 잘 버무려요.

❺ 속넣기
소금에 절인 배추를 잘 씻어
건져 두었다가 잎사귀 사이
사이에 만든 소를 넣는다.

❻ 완성

을 돋울 수도 있단다.

어, 눈치 챘어? 맞았어. 재
료를 버무려 김치 속을 넣는
일은 우리 버무리들이 제일
좋아하는 일이지.

간이 맞게 잘 버무린 속을
배춧잎 사이사이에 골고루 넣
고 잘 토닥이면 일단 끝.

하지만 아직 중요한 일이
남았어. 김칫독을 땅에 묻고,
그 안에 김치를 넣어야 하거
든. 그래야 긴긴 겨울에도 맛

75

있는 김치를 먹을 수 있으니까. 어떤 지방에서는 김치만 보관해 두는 광을 따로 만들기도 했고, 또 어떤 지방에서는 땅에 독을 묻은 후 짚으로 엮은 지붕을 얹어서 비바람을 막기도 했지.

그럼, 냉장고가 없던 옛날, 여름에는 또 어떻게 김치를 보관했느냐고? 그야 얼음장같이 차가운 물이 있잖아. 흐르는 냇물이나 우물 속에 김칫독을 넣어 두었지.

힘든 김장이 끝나면 반드시 나누어 먹는 음식이 있었어. 남은 소를 노랗고 고소한 배추 속잎으로 싸서 먹는 거야. 그게 얼마나 맛있다고. 캬, 침 넘어간다.

칼가리우스의 이야기

"너희들이 진정한 김치 맛을 알아? 난 그동안 음식을 만드는 데 꼭 필요한 존재였다고! 그래서 안 먹어 본 음식이 없어! 하지만 그 중에서도 김치가 최고였다고!"

"이거 왜 이러셔! 우리도 김치 맛을 알아!"

"김치 버무린 것만 해도 스무 번이 넘어!"

"잘난 척하기는!"

이제부터 너희 버무리 형제는 조용히 있어. 천하의 칼가리우스께서 그동안 먹어 본 김치 맛이 어땠는지 이야기해 줄 테니.

흠흠. 내가 이 집에 오기 전, 깊은 산골에 살 때야. 그 집에는 금실 좋은 할머니 할아버지가 함께 살고 계셨는데, 길고 긴 겨울밤이면 화롯불에 고구마를 구워 먹곤 하셨지. 그때 꼭 빠지지 않았던 게 뭔 줄 알아? 김치라고, 김치.

할아버지가 화로에서 구운 고구마를 꺼내 재를 털고 계시면, 할머니는 뒤란(집 뒤 울타리의 안)에 묻어 놓은 김칫독에서 손이 시리도록 시원한 김치를 꺼내 양푼에 담아 오셨지.

뜨끈뜨끈 구수하고 달콤한 고구마랑 함께 먹는 아삭아삭 매콤짭짤한 김치! 김칫국물 때문에 목이 메지도 않고, 소화도 잘 되고 얼마나 맛있는데. 고

얼음이 동동 뜬 '동치미'를 먹어 봤니?

동치미에 핀 흰 곰팡이를 없애려면 배껍질을 띄워 놓으면 된대요.

흰곰팡이가 둥-둥

맛있는 동치미 담그기

1. 삭힌 고추는 물기를 닦아 주어요.
2. 항아리 바닥에 양념 주머니를 넣고 절인 통무와 배, 쪽파, 갓, 고추 등을 넣어요.
3. 소금물을 항아리에 부어요.

평평한돌 (내용물이 떠오르지 않게 하기위함)

통무, 배 말아 김은 파 갓, 고추

양념주머니

연탄 가스에 중독되면 동치미 국물을 마시면 돼요. 동치미 국물 속에 '유황성분'이 들어 있거든요.

구마랑 김치는 천생연분이라고! 또, 북쪽 지방에서 발달한 음식 이라는데 난 그것도 먹어 봤어. 동치미 에 국수를 말아 먹는 거야. 얼음이 동동 뜬 시원한 동치미 국물에 만 국수 한 그 릇은 겨울철 별미 중의 별미라고.

춥지 않느냐고? 사실 속이 좀 으스스해지는 것 같기는 하지. 하지만 겨울이라고 아이스크림 안 먹냐? 그래도 뜨거운 걸 원한다면 좋은 게 있지.

돼지고기 숭숭 썰어 넣고 묵은 김치를 넣어 그 자리에서 화롯불에 끓여 먹는 찌개는 추위를 싹 가시게 해 준다고. 맛도 좋고. 묵은 김치에서 우러나오는 깊은 맛이 마음까지 훈훈하게 해 주지.

더운 여름날 식은 보리밥에 열무김치 넣고 고추장 넣어 비벼 먹는 점심은 또 얼마나 맛있는데. 비 오는 날 지글지글 부쳐 먹는 김치부침개도 나는 아주 좋아해. 난 김치가 들어간 음식은 뭐든지 좋아.

그래서 너희들을 보니 가슴이 설렌다고!

여기저기서 침 넘어가던 소리가 뚝 그쳤습니다.
모두들 멍한 표정이었습니다. 그러다가 문득 제정
신이 돌아온 듯 마느리가 외쳤습니다.

"위험해! 다들 피해!"

칼가리우스가 채소 친구들이 있는 식탁으로 몸
을 날렸던 것입니다. 채소 친구들은 혼비백산하여
식탁 구석으로 달음박질치기 시작했습니다.

고추남은 뛰면서 자기도 모르게 순무옥의 손을
꼭 잡았습니다. 파순이는 긴 다리로 성큼성큼 뛰어
제일 먼저 구석으로 피했고, 무무는 데굴데굴 굴러
파순이 뒤를 쫓아갔습니다. 추추도 마느리도 칼가
리우스를 피해 있는 힘껏 달렸습니다. 생강이는 냉
장고 밑 틈새로 감쪽같이 몸을 숨겼습니다.

"쟁그랑!"

모두들 식탁 구석에서 가쁜 숨을 몰아쉬고
있을 때 무언가가 부딪쳐 바닥으로
떨어지는 소리가 났습니다.

무서워.

그리고 얼마 지나지 않아 인기척이 들려왔습니다. 잠시 후 주방에 모습을 드러낸 것은 아주머니였습니다.

"무슨 소리지?"

아주머니는 식탁 모서리에 몸을 부딪혀 바닥으로 떨어져 버린 칼가리우스를 발견하고 고개를 갸우뚱거렸습니다.

"이상하다. 칼이 왜 여기 떨어져 있을까."

아주머니는 칼가리우스를 집어 서랍에 넣었습니다. 그러고는 식탁 한 끝에 아슬아슬하게 몰려 있는 채소들을 보면서 고개를 갸우뚱거렸습니다.

"휴우, 내가 잠이 덜 깼나."

떨어지지 않도록 채소들을 식탁 가운데로 밀어 놓으며 아주머니는 또 말했습니다.

"아무래도 오늘은 몸이 안 좋아. 김치는 내일 담가야겠다."

아주머니의 말에 파순이가 픽 하고 쓰러졌습니다. 무무도 엉덩방아를 찧고 말았습니다. 다행히 그 순간 아주머니는 등을 돌렸기 때문에 파순이와 무무를 보지 못했습니다.

"참, 소금이랑 젓갈은 충분하겠지?"

 # 다용도실 안

아주머니는 다용도실 문을 열고 들어가 소금 부대를 열어 보았습니다. 그러고는 소금을 손바닥으로 쓰윽 훑어 보면서 혼잣말로 중얼거렸습니다.

"중국산 소금을 쓰면 김치를 먹을 수가 없어. 너무 짠 나머지 쓰기까지 하고, 김치가 금방 물러 버리거든. 어떤 음식이든 재료가 좋아야 제 맛이 나지."

아주머니는 황석어젓과 새우젓이 든 단지 뚜껑
도 차례로 열어 보았습니다. 그러고는 새끼손가락
으로 새우젓을 찍어 맛을 보았습니다.

"여전히 붉으면서도 뽀얗구나. 역시 맛이 좋아."

아주머니가 문 밖으로 사라지자 새젓돌이가 빠
른 말투로 말했습니다.

"오늘 새로운 애들이 온 것 같던데."

"그래? 칼가리우스랑 버무리 형제랑 아주 신이
났겠군."

황젓돌이도 거들었습니다.

"좀 시끄러워야지. 철없는 것들. 쯔쯔."

짠순이가 혀를 차며 마지막을 장식했습니다.

"우리 나가서 어떤 애들인지 구경해 볼까?"

"그러지 뭐. 심심한데 잘됐다. 여기 가만히 있으려니 좀이 다 쑤신다."

"내가 문을 밀게."

짠순이는 뚱뚱한 몸으로 느릿느릿 걸어가서는, 아주머니가 미처 단단히 잠그지 못한 문 틈으로 어깨를 밀어 넣었습니다.

"여엉차!"

짠순이가 힘을 쓰자 문이 활짝 열렸습니다.

주방 ③

"누, 누구세요?"

'짠' 하고 한꺼번에 등장한 짠순이와 새젓돌이 그리고 황젓돌이를 보고, 무무가 퍼렇게 멍이 든 엉덩이를 어루만지며 놀라 물었습니다.

채소 친구들은 무무의 눈길을 좇아 고개를 돌렸습니다. 칼가리우스와도 버무리 형제와도 전혀 다르게 생긴 것들이 서 있는 것이었습니다.

파순이는 이번에도 호호 웃었지만 뚱뚱하다느니 이상하게 생겼느니 하는 소리는 꾹 참았습니다. 칼가리우스처럼, 의외로 무서운 놈들일지 모르니까요.

"오랜만이군, 친구들!"

"잘 지냈나? 친구들!"

버무리 형제가 반갑게 인사를 건넸습니다.

그러고는,

"이분들로 말씀드릴 것 같으면, 흠흠, 소금과 새우젓과 황석어젓으로서 김치에 없어서는 안 될 아주 중요한 분들이시지. 내일이면 너희들은 이분들과 함께 버무려질 거야. 흠흠."

"척 보니, 한눈에도 철없어 보이는구나. 겁먹어

서 덜덜 떠는 꼴들이라니. 쯔쯔."

짠순이가 말했습니다.

"하지만 불량품들은 아닌 것 같네."

"수입산도 아닌 것 같지?"

새젓돌이와 황젓돌이도 말했습니다. 그러자 마

느리가 얼굴을 찌푸렸습니다. 파순이도 코를 틀어

쥐었습니다.

"아우, 그런데 이게 무슨 냄새야!"

"너희 입 냄새 한번 지독하다 얘!"

마느리와 파순이의 말에 새젓돌이와 황젓돌이는 소리를 버럭 질렀습니다.

"뭐라구? 마늘하고 파는 냄새 안 나는 줄 알아? 너희 냄새도 장난 아니야!"

"맞아! 가까이 가면 찔끔찔끔 눈물이 나올 정도로 지독하다고!"

"그건 사실이야."

추추를 비롯해서, 다른 채소 친구들도 그 말이 맞다며 거들었습니다.

"정말이에요?"

"난 몰랐는데."

울상이 된 마느리와 파순이에게 추추가 말했습니다.

"하지만 냄새 역시 너희들 개성이야. 냄새가 없다면 너희들은 아무것도 아닐걸. 파와 마늘은 비린내를 없애는 데 꼭 필요한 존재들이잖아."

"맞아! 맞아! 나도 그래! 나도 그래!"

생강이였습니다.

"하지만 추추 아저씨, 황석어젓이라는 애 냄새
는 정말 참을 수가 없단 말이에요. 비린내를 없
애 주지도 못할 거예요."

추추가 마느리 말에 대답할 말을 찾고 있을 때,
황젓돌이가 입을 열었습니다.

"모르면 잠자코나 계셔. 코를 탁 쏘는 이 냄새야
말로 내가 잘 삭은 황석어젓이라는 증거라고!
잘 삭아서 황금빛 도는 나를 봐! 그러니 어서 사
과하시지!"

"너희부터 사과해!"

"뭐? 우리가 뭘 잘못했는데?"

"파 마늘 냄새도 장난 아니라고 했잖아!"

"그거야 너희가 먼저 시비를 걸었으니까 그렇지! 파김치가 되게 해 줄까 보다!"

짠순이가 팔을 뻗어 파순이의 다리 하나를 덥석 잡았습니다. 그러고는 단지 안으로 넣으려 했습니다. 파순이는 온 힘을 다해 버둥거렸습니다.

"꺄악! 살려 줘욧!"

추추가 얼른 파순이를 잡았고 무무는 추추를,
순무옥은 무무를, 고추남은 순무옥을 잡았습니다.
마치 기차놀이를 하듯이. 하지만 줄다리기 시합을
할 때처럼 모두들 힘을 주어 끌어당겼습니다.
　"아악, 다리 끊어지겠어!"
　"짠순이, 이제 그만 해!"

이젠 싸움 말리기 선수가 된 추추의 말이었습니다. 그의 말에 짠순이는 순순이 파순이를 놓아주었습니다. 그러지 않아도 스스로 너무한다 싶어 놓아줄 생각이었거든요.

짠순이가 손을 놓는 순간, 모두들 뒤로 넘어지며 엉덩방아를 찧었습니다. 무무는 울상이 되어 말했습니다.

"다친 데 또 다치면 얼마나 아픈 줄 알아! 우씨, 궁둥이가 더 파래졌어."

추추가 딱하다는 듯이 무무를 한 번 쳐다보고는, 사태를 수습했습니다.

"여기 냄새 안 나는 친구는 없어. 모든 건 다 자기 냄새를 갖고 있게 마련이야. 그러니 이제 냄새타령은 그만 하자구."

모두들 고개를 끄덕였습니다. 어느 정도 진정이

되자 이번에는 짠순이가 입을 열었습니다.

"추추 양반, 그리고 순무옥양, 댁들은 내일 나한테 푹 절여질 거예요. 그럼 내일 봐요."

"벌써 들어가려고?"

새젓돌이와 황젓돌이가 동시에 물었습니다.

"여기 있으니까 정신이 하나도 없어. 난 조용한 게 좋아. 내일을 위해서 푹 자둬야지."

짠순이가 먼저 뒤뚱거리며 다용도

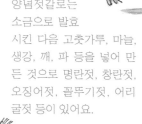

황석어젓.

나는 토하젓.

소금만 사용해서 발효시키는 젓갈로는 새우젓, 조개젓, 갈치속젓, 멸치젓 등이 있어요.

젓갈 담그는 법

❶ 싱싱한 어류(새우, 갈치, 멸치)나 어패류(조개) 등을 구입해요.

❷ 항아리에 재료를 소금과 함께 완전히 덮힐 만큼 넣어요.

❸ 비닐로 뚜껑을 덮어 익혀요.

이 밖에 육류와 생선을 섞어서 간장, 소금, 생강을 넣어 담근 '어육장'도 있어요.

양념젓갈로는 소금으로 발효 시킨 다음 고춧가루, 마늘, 생강, 깨, 파 등을 넣어 만든 것으로 명란젓, 창란젓, 오징어젓, 꼴뚜기젓, 어리굴젓 등이 있어요.

소금

실 안으로 들어갔습니다. 그러고는 문틈으로 얼굴을 빠끔히 내밀고,

"안 잘 거야? 문 닫는다."

그러자 새젓돌이와 황젓돌이도 재빨리 문 안으로 들어가 버렸습니다.

"내일 우린 또 만나게 될 거야. 잘 자."

"버무리 형제가 너희와 우리를 잘 섞어 줄 거야. 그럼 내일 봐."

인사도 잊지 않았습니다.

채소 친구들은 할 말을 잊었습니다.

채소 친구들 중 아무도 밤 인사를 할 생각을 하지 못했습니다.

서랍 속에서 음흉한 웃음소리가 새어 나왔습니다. 버무리 형제도 온몸을 흔들며 웃어 댔습니다.

주방 ④

　불 꺼진 캄캄한 주방, 아무 기척 없는 조용한 밤
입니다. 조금 전까지만 해도 서랍 속에서 딸그락
소리를 내던 칼가리우스도 어느새 조용해졌고, 번
갈아 가며 꾸벅꾸벅 졸던 버무리 형제도 깊은 잠이
들었습니다.
　하지만 채소 친구들은 둥그렇게 모여 앉아 회의
를 열었습니다. 생강이도 식탁 밑에서 귀를 쫑긋

99

세우고 앉아 있었습니다.

"아아, 이젠 어떻게 하지?"

그렇게 잘 웃던 파순이도 여느 때와는 달리 웃지 않았습니다.

"우리는 김치가 될 거라잖아."

무무도 풀 죽은 목소리로 말했습니다.

"아직 시간은 충분해. 마음 약해지면 안 돼, 애들아. 어려울 때일수록 힘을 내야 한다구."

마느리는 마느리다웠습니다.

"애들아! 애들아! 힘을 내야 해! 힘을 내야 해!"

생강이도 생강이다웠습니다. 그러나 고추남과 순무옥은 약속이나 한 듯 아무 말이 없었습니다.

추추도 한동안 말이 없다가 무겁게 입을 열었습니다.

"너희들, 김치에 대해서 어떻게 생각해?"

"훌륭한 음식이라고 생각해요. 호호호."

"맛있을 것 같아요."

"우리나라의 대표적인 음식이지요."

"지켜 나가야 할 문화유산
이라는 생각이 드는데요."

"김치는 자랑스러운 문화유
산! 문화유산!"

"저도 그렇게 생각해요."

채소들은 망설임 없이, 거의 동시에 대답을 했습니다. 그러자 추추가 말했습니다.

"다들 김치에 반한 것 같구나. 그런데 문제는, 바로 우리가 김치가 될 몸들이라는 거야."

이번에는 아무도 입을 열지 않았습니다.

"우리가 없으면 김치도 없어."

"무슨 말씀인지 알겠어요. 하지만 싫어요. 난 아직 하고 싶은 일이 많단 말이에요."

"나도 그래! 나도 그래!"

"실은 나도 이 세상에서 꼭 하고 싶은 일이 하나 있어."

질문 받기 전에는 먼저 입을 연 적이 없는 순무옥이었기 때문에, 친구들은 놀란 눈으로 순무옥을 쳐다보았습니다. 다음 말을 기다리는 것이기도 했습니다. 이젠 아무도 순무옥의 말을 가로채지 않았습니다.

"음… 그러니까… 순무김치가 되는 거야."

채소 친구들은 순무옥을 빤히 바라보았습니다. 그때,

"나도 순무옥을 따르겠어."

고추남이 얼굴을 붉히며 말했습니다. 파순이는 눈물이 날 것만 같았습니다. 하지만 우는 대신 고추남에게 이렇게 물었습니다.

"넌 너의 생각이란 게 없는 거니? 무조건 순무옥 하는 대로 따라 하겠다는 거야?"

"아니야, 파순아. 난 영양 고추밭을 떠나올 때 굉장히 기뻤어. 모험을 하고 싶었거든. 그리고 지금 난 또 하나의 모험을 하려는 거야."

"나도 사실 궁금하기는 해. 김치가 된다는 것이

어떤 기분일지. 하지만 나는 우리 엄마처럼 아
기를 낳고 싶단 말이야.”

그렇게 말하는 마느리 눈에 살짝 물기가 어렸습
니다. 하지만 아무도 눈치를 채지 못했습니다.

“그러니까 우리 여기서 탈출하자.”

“어떻게?”

"생각해 봐야지."

"탈출한 다음에는?"

"또 생각해 봐야지."

"하지만 말이다."

과연 무슨 말이 나올까? 추추의 입만 바라보는 채소 친구들의 눈이 반짝반짝 빛났습니다.

"운명이라는 게 있어."

"그게 뭔데요?"

"우리가 이 세상에 태어난 데는 다 그럴 만한 이유가 있다는 말이야."

"정말 우리는 왜 태어났을까요?"

"사람들이 밭을 일구고 씨를 뿌려 우릴 태어나게 한 건 우리가 필요하기 때문이야. 이 집에서 도망친다 해도 결국은 음식이 될 거야. 그게 우리의 운명이야."

"추추 아저씨 말씀이 옳아. 난 내 운명을 받아들일래."

순무옥의 말이 끝나자 고추남이 자기 생각을 말했습니다.

"김치가 된다고 해서 우리의 삶이 끝나는 건 아니라고 생각해. 다른 모습으로 다시 태어나는 거지."

"맞아, 우리는 한데 어우러져 새로운 모습으로 다시 태어나는 거야. 마느리가 아기를 낳음으로써 다시 태어나고 싶어하듯이."

"난 벌써 너희들에게 정이 들었어. 헤어지고 싶지 않아. 그런데 김치가 되면 헤어지지 않아도 되는 거네."

"맞아! 맞아!"

"게다가 말이야, 사람 뱃속이 어떻게 생겼을지

궁금하지 않아? 우린 혼자가 아니니까 새로운
모험이 두렵지도 않을 거야."
"그래도 난 무서워. 칼가리우스가 우릴 자를 때
아프지는 않을까?"

"아니야, 아프지 않을 거야. 사람들이 내 껍질을
벗길 때도 안 아팠는걸."
마느리의 말에 무무도 한마디 했습니다.
"맞아, 내 다리도 떼어냈는데 하나도 안 아팠어.
아이, 그런데 궁둥이는 왜 이렇게 얼얼하지?"
"호호호."
"하하하."
"그래, 김치가 되자!"
"김치가 되자! 김치가 되자!"

주방 ⑤

다음 날 아침이었습니다. 아주머니가 눈을 비비며 주방으로 나왔습니다.

"아이고, 잘 잤네. 이제 슬슬 김치를 담가 볼까."

아주머니의 말에 모두들 긴장했습니다. 설레기도 하고 두렵기도 한 것 같았습니다.

'이제 시작이구나.'

'이제 무슨 일이 벌어질까?'

'드디어 내가 순무김치가 되는구나.'

아주머니는 제일 먼저 추추를 집어 들었습니다. 그러고는 서랍 속에서 칼가리우스를 꺼내 추추를 4등분하는 것이었습니다.

추추가 쪼개지는 소리가 들렸을 때, 파순이는 눈을 감았지만 잠시 후 눈을 뜨고 추추를 보니 아무렇지도 않은 것 같았습니다. 파순이는 휴우 하고 안도의 숨을 내쉬었습니다.

소금을 가지러 아주머니가 다용도실로 들어갔을 때, 채소 친구들이 입을 모아 물었습니다.

"추추 아저씨, 괜찮으세요?"

"난 아무렇지도 않아."

칼가리우스가 끼어들었습니다.

"무식한 것들! 천하의 칼가리우스 솜씨를 뭘로 보는 거냐? 난 절대 아프게는 안 한다고! 너희들

110

이 예뻐서가 아니라 내 자존심이 허락하질 않는
단 말이지!"

그때 아주머니가 나와 짠순이를 물에 녹여 소금
물을 만들었습니다. 그러고는 추추를 통에 넣고 소
금물을 부어 두었습니다.

그 다음에는 무무를 물에 씻기 시작했습니다.

'아유, 시원해라.'

깨끗해진 무무를 보고 채소 친구들은 소근거렸습니다.

"이제 보니 정말 미끈하게 잘생겼네."

"저 정도면 꽃미남이다, 애. 물론 고추남보다야 못하지만. 호호호."

이번에는 손무옥이 목욕을 했습니다. 씻고 난 순무옥은 더욱 예뻤습니다. 파순이와 마느리도 목욕을 했고 그 물에 마지막으로 생강이가 몸을 담갔습니다.

'쳇! 못생겼다고 괄시하는 거야 뭐야.'

고추남은 살짝 샤워만 했습니다.

모두들 개운한 몸으로 다음 차례를 기다리고 있을 때, 아주머니가 서랍에서 길쭉하고 네모난 것을 꺼냈습니다. 뭐지? 하는 듯한 채소 친구들의 호기심 어린 눈빛을 보고 칼가리우스가 나직하게 속삭였습니다.

"쟤 내 사촌동생 채카리야. 쟤 실력도 만만치 않다고."

아주머니는 커다란 통을 꺼내더니 채칼을 비스듬히 세우고는, 무무를 채칼에 쓱쓱 문지르기 시작했습니다. 그러자 놀랍게도 통 밑에 채 썰어진 무무가 소복이 쌓이는 것 아니겠어요? 채소 친구들은 신기한 듯 서로를 바라보았습니다.

무무를 다 채친 아주머니는 이제 파순이를 도마 위에 올려놓았습니다.

파순이가 칼가리우스에게 작은 소리로 말했습니다.

"저… 어제는 미안했어요. 가까이에서 보니 멋지게 생기셨네요."

파순이는 조금 떨고 있었습니다.

"왜 이러셔. 멀리서 봐도 멋지다고!"

"하여간 잘 부탁드려요."

"내 실력을 못 믿겠다는 거야 뭐야?"

"아뇨, 아뇨. 그게 아니고요."

드디어 아주머니가 칼가리우스를 잡고 파순이
를 썰기 시작했습니다.

파순이는 어슷어슷 예쁘게 썰어진 제 모양이 저도 신기했는지, 호호 웃기까지 했습니다.

아주머니는 마느리의 얇은 속껍질을 벗기고 생강이의 두꺼운 껍질도 벗겼습니다. 그러고는 둘을 손절구에 넣고 나무방망이로 콩콩콩 빻아 찧었습니다.

고추남도 곱게 다져졌습니다.

채소 친구들은 달라진 서로의 모습에, 그리고 자신의 모습에 속으로 환호성을 질렀습니다.

햐아, 우리에게 이런 모습이 숨어 있었다니.

콩콩…

다음은
우리 차례야.

아주머니가 허리를 펴며 말했습니다.

"이제 젓국에 고춧가루를 풀어야지. 아이고, 이런! 내 정신 좀 봐. 고춧가루 떨어진 걸 잊고 있었네. 요샌 자꾸 깜빡깜빡 한다니까."

아주머니가 총총 걸음으로 주방에서 사라졌습니다. 채소 친구들이 웅성거리기 시작했습니다.

"고춧가루?"

"고추남 친구가 올 건가 봐?"

그러자 그때까지 조용하던 버무리 형제가 나섰습니다.

"아주머니는 태양초를 사 오실 거야!"

"태양초를 방앗간에서 곱게 빻아 오실 거야!"

"태양초는 또 뭐야? 호호. 초 이름이니?"

"나 참, 햇볕에 잘 말린 고추가 태양초지 뭐니, 이 바보야!"

"내가 왜 바보야? 이 멍청아!"

추추가 나설 차례였습니다.

쩡쩡 쩡쩡...

태양초와 일반 고추의 차이는 무엇일까요?

태양초 : 태양빛으로 고추를 말려 빛깔이 선명하고 매운맛이 강해요.

청량고추는 맵기로 유명해요.

화건초는 열을 이용하여 말린 고추예요. 껍질이 얇고 단맛이 나요.

"자업자득이야. 파순이 네가 어제 무무에게 한 말이 그대로 네게 돌아오잖니."

"치이. 알았어요. 앞으론 좋은 말만 할게요. 그러면 나도 좋은 말만 듣겠죠. 그런데 추추 아저씨 기운이 없어 보이시네요."

"숨이 죽느라고 그래."

보이지는 않지만 짠순이의 목소리가 분명했습니다.

"아아, 절여지는 게 저런 거구나."

채소 친구들은 조금 피곤했습니다. 어젯밤 늦게까지 회의를 하느라 제대로 잠을 못 잤거든요. 게다가 잔뜩 긴장을 했다가 풀어져서인지 졸음이 몰려왔습니다.

제일 먼저 잠이 든 건 추추였습니다. 그리고 다른 친구들도 하나 둘 잠이 들었습니다.

주방⑥

"에취!"

커다랗게 재채기를 하며 제일 먼저 눈을 뜬 것
은 무무였습니다. 그러자 마치 돌림노래를 부르
듯, 여기저기서 재채기 소리가 터져 나왔습니다.

아주머니가 고개를 들고 주위를 둘러보았지만
이내 무심한 얼굴로 단지 뚜껑을 마저 열었습니다.
그리고는 고춧가루가 든 커다란 통에 황석어젓과

새우젓을 부었습니다.

  아주머니는 주걱으로 휘휘 저어 고춧가루를 갠 다음 무무와 파순이, 고추남과 마느리와 생강이를 차례로 넣었습니다. 그 다음은 버무리 형제를 손에 끼었습니다.

  활짝 웃는 버무리 형제의 표정이 모두의 눈에 보였습니다.

양념맛이 좋아야
김치맛이 좋아.

오늘 이 순간만 기다렸다는 듯이 버무리 형제는
신나게 채소 친구들을 버무리기 시작했습니다.

한데 섞인 채소 친구들이 제각각 떠들어대기 시
작했습니다.

"이것 참 재미난데!"

"재미난데! 재미난데!"

"또 지구가 도는구나. 난 어지러워 죽겠어."

"에취, 에취, 난 자꾸 재채기가, 에취!"

"어지럽다잖아! 큰 버무리야 좀 살살 해!"

"나도 너무 어지럽다. 작은 버무리야 너도 좀 살
살 해라!"

새젓돌이와 황젓돌이도 어지럽다며 한마디씩
거들었습니다. 하지만 버무리 형제는 아랑곳하지
않았습니다.

"잘 버무려야 맛있지!"

"아무렴, 그렇고 말고!"

그때 아주머니가 말했습니다.

"자, 이만하면 됐어."

그 말에 버무리 형제는 몹시 안타까운 표정을 짓는 것이었습니다. 하지만 뭐, 다음 기회가 또 있으니까. 아주머니는 김치를 또 담그실 테니까.

이제 아주머니는 추추를 소금물에서 건져 물로 씻은 다음 채반에 받쳐 물기를 뺐습니다.

물기를 빼는 동안 순무옥도 살짝 절여 두었습니다. 순무옥은 가슴이 두근거렸습니다.

추추의 물기가 빠지자 아주머니는 배춧속을 넣기 시작했습니다. 버무리 형제는 이번에도 신이 나서 표정이 밝고 환합니다.

"추추 아저씨, 저희가 아저씨 품 안에 들어왔네요. 호호호."

"기분이 이상해요. 우리 모두가 이렇게 하나가 되다니."

"색깔도 달라지고 냄새도 독특해졌어요. 어제는
황젓돌이랑 새젓돌이한테 냄새가 난다고 구박
했는데."
"하하하."
"우리는 드디어 김치가 된 거야!"
"축하 파티라도 해야 되는 거 아냐?"

음~
맛있는 냄새.

그때 남자 아이의 목소리가 들렸습니다.

"엄마, 학교 다녀왔어요."

아주머니가 웃으며 대답했습니다.

"어서 와라. 배고프지? 엄마가 새로 담근 김치

하고 밥 차려 줄게."

순간, 채소 친구들은 긴장해서 몸이 뻣뻣해지는

맛있는
김치 완성!

것 같았습니다. 방금 전까지 파티를 해야 한다느니
어쩐다느니 하던 소리들은 쏙 들어가 버렸습니다.
오오, 드디어 올 것이 왔구나!
　"제가 차려 먹을 게요. 엄마 바쁘시잖아요."
　키 작은 남자 아이는 가방을 내려놓고는 개수대

역시
'김치'가
최고야.

에서 손을 씻으며 말했습니다.

아이는 수저와 밥그릇 하나를 챙겨 식탁으로 가서는 밥통에서 밥을 펐습니다.

"김치만 있으면 돼요."

아주머니가 미소를 지으며 새로 담근 김치를 썰어 아이 앞에 놓아 주었습니다.

채소 친구들은 조마조마했습니다. 우리 맛이 좋을까? 아이의 뱃속은 어떤 곳일까? 마침내 아이가 손으로 김치를 들었습니다.

"어, 어,"

"올라간다, 올라가!"

"엄마야!"

이제는 김치가 된 채소 친구들이 들려 올라가며 소리를 질렀습니다. 그리고 어느 순간 앞이 캄캄해졌습니다.

아이의 입 속인 것 같았습니다. 곧이어 꿀꺽, 하는 소리와 함께 좁고 긴 동굴 같은 곳으로 빠져 들어가는 것이었습니다. 그때, 밖에서 아이의 목소리가 들려왔습니다.

"와 맛있다! 역시 엄마가 해 주신 김치가 최고로 맛있어요."

아이의 맑은 목소리는 모두의 귀에 선명하게 들렸습니다.

"야호! 성공이다, 성공이야!"

"우리가 맛있대. 호호호."

"우리가 최고래, 최고!"

"그런데 우린 이제 어디로 가고 있는 거지?"

"곧 알게 되겠지."

"순무옥도 곧 우릴 뒤따라 올 거야. 그럼 곧 만나게 되겠지."

모두들 웃었습니다. 파순이만 '흥' 하고 콧방귀
를 뀔 뿐이었습니다.
　　아주머니는 이제 순무옥을 버무리기 시작했습
니다.

김치 백과사전 쏙쏙 들여다 보기

아삭아삭 맛있는 김치

"시큼한 김치" "짭짤한 김치"

"매콤한 김치" "시원한 김치"

김치를 맛 볼 때는 누구나 한마디씩 하며 먹지요. 우리나라 사람들은 엄마 젖을 떼고 밥숟가락을 들면서부터 김치를 먹기 시작하잖아요. 하지만 김치를 싫어하는 친구들도 있어요. 김치가 얼마나 영양가가 많고 맛이 있는지 모르는 친구들이지요. 하지만 이제 그 친구들도 햄버거나 스파게티보다 김치가 훨씬 영양가도 많고 맛이 좋다는 것을 곧 알게 될 거예요.

'저채'

'김치'라는 말은 언제부터 생겼을까요?

김치라는 말은 아주 오랜 옛날, 지금으로부터 약 3000년 전에 만들어진 책 속에서 그 말을 찾을 수 있어요. 중국에서 만든 '시경' 이라는 책에서 처음 발견되었지요. 김치라는 말은 채소를 절이고 저장한다는 뜻으로 '저

채'나 '침체'라는 한자어에서 만들어졌는데 이것이 국어 표현의 변화에 따라 지금의 '김치'로 변한 거예요.
침체-짐치-김치 이렇게 말이에요.

 삼국 시대에도 김치가 있었을까요?

삼국 시대의 식생활에 대해서는 전해 내려오는 기록이 거의 없기 때문에 정확한 것은 알 수가 없어요.
다만 염분이 있는 채소류를 먹기 시작했으며, 이때부터 채소를 저장하는 방법으로 김치를 만들어 먹기 시작했다는 사실을 알 수 있지요. 거기에는 산미료에 담그는 '엄초법', 소금과 발효를 이용한 '발효지법', 장아찌에 해당하는 '엄자지법'이 기록되어 있어요. 아마 그때는 지금보다 김치 맛이 없었을걸요!

고려 시대의 김치는?

고려 시대의 사람들은 발효 식품을 잘 담가 먹었어요.
짭짤한 장과 젓갈 종류, 김치와 비슷한 것들을 즐겨 먹었대
요. 또 안악 고분 벽화에는 발효 식품을 보관한 듯한 우물
가 장독대도 그려져 있지요.

무청을 짠 장 속에 박아 넣었다가 여름철에 꺼
내 먹기도 했어요. 또 이것을 소금에 절여 겨울
철에 먹기도 했지요. 아마 장아찌의 한 종류였
을 거예요. 그리고 오이, 부추, 미나리,
죽순 등 김치를 만드는 종류를 더 많이
사용해서 맛있게 했지요. 그리고 이때 동
치미 같은 물김치가 등장했어요. 겨울철, 얼
음이 동동 뜬 동치미 말이에요.

> 시원한
> 동치미.

조선 시대의 김치도 지금처럼 맛이 있었을까요?

간단하게 소금에 절여 먹던 김치는 고추가 외
국에서 들어오면서 비로소 오늘날의 김치
로 탄생했어요. 아마도 젓갈을 김치에 넣
고 먹다보니까 생선 비린내가 나서 고춧
가루를 집어넣지 않았을까요?
김치에 고추와 젓갈이 들

> 지금처럼
> 고춧가루가 들어간
> 김치가 등장했어요.

어가면서부터 식물성과 동물성을 혼합한 김치가 등장했다
고 볼 수 있어요.

아! 참! 오늘날 우리가 먹고 있는 통배추김치는 1800년이
넘어서야 맛 볼 수 있었다니, 겨우 200여 년 전에 통통한
배추김치가 등장했다고 볼 수 있지요.

 고추는 언제 어디서 들어왔을까요?

고추는 콜럼버스가 신대륙을 발견하면서 유럽에 전해졌고,
이것이 다시 중국을 거쳐 일본으로 전해졌어요. 그리고 몇
년 후 일본이 1592년 임진왜란을 일으켰을 때 우리나라로
들여왔어요. 그 당시 우리나라에는 향신료가 적었기 때문
에 이 고추가 향신료 대신 급속하게 널리 퍼졌어요. 만약
그때 고추가 들어오지 않았다면 지금처럼 맛있는 김치의

133

맛은 영원히 볼 수 없었겠지요?

고추는 고기나 생선에서 나는 냄새를 줄이고 썩는 것을 막아 줘요. 고추와 함께 마늘도 김치를 담그는 데 없어서는 안 될 아주 중요한 양념인 것은 다 알고 있지요?

김치에는 어떤 것들이 들어갈까요?

주로 쓰이는 재료는 배추, 무, 고추, 갓, 부추, 오이, 파, 미나리, 가지, 고들빼기, 더덕, 콩나물, 무청, 고구마줄기예요. 그 외에도 먹을 수 있는 채소는 거의 다 넣을 수 있어요.

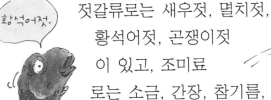

김치는 먹을 수 있는 채소로 거의 다 만들 수 있어요.

부재료로는 도라지, 우엉, 굴, 새우, 누룩, 찹쌀, 동태, 밴댕이 등이 있어요.

젓갈류로는 새우젓, 멸치젓, 황석어젓, 곤쟁이젓이 있고, 조미료로는 소금, 간장, 참기름, 감미료, 엿, 깨가 있어요.

황석어젓.

나는 새우젓.

양념류로는 마늘, 생강, 파, 달래, 양파 등이 있답니다.

특이한 김치

석류김치 무에 바둑판처럼 칼집을 넣어 백김치의 소를 넣는다. 이것을 다시 배춧잎으로 정성들여 싼다. 국물이 많이 생기고 마치 빨간 석류가 익어 가는 것처럼 속이 벌어지면서 익는다.

송송이 원래 '송송이'이라는 이름은 궁중의 깍두기라는 말이다. 무를 작고 잘게 썰어 만든다.

숙깍두기 이가 약했던 순종을 위해 개발된 깍두기로 노인들이 드시기에 좋다. 무를 살짝 삶아서 무르게 한 후 양념을 버무린다. 겨울에 살얼음 낀 이 김치를 먹으면 독특한 맛을 느낄 수 있다.

열무김치 주로 사찰에서 만들어 먹는다. 젓갈을 사용하지 않아 담백한 맛을 낸다.

녹차김치 양념에 녹차 원료를 넣어 만든 김치다. 녹차의 좋은 성분이 들어가 더욱 영양가가 높다. 녹차가 젓갈 특유의 비린 냄새를 없애 주어 맛을 부드럽게 해 준다.

실크김치 누에고치에서 뽑아낸 실크를 분해해 넣은 김치다. 실크가 당뇨병 환자에게 좋으므로 실크김치도 당뇨병에 좋은 건강 식품이다.

김치에 들어가는 부재료들

갓 잎은 자줏빛이고 약간 매운맛이 나며, 씨는 겨자씨처럼 쓴다. 줄기와 잎은 김치 담글 때나 나물로 쓰인다. 갓의 성분은 배추와 비슷하다. 갓김치, 배추김치, 깍두기 등과 같이 고춧가루가 들어가는 김치는 붉은색 잎을 가진 갓을 쓰고 백김치, 동치미와 같이 고춧가루가 들어가지 않는 김치는 푸른 갓을 쓴다.

부추 부추에는 재래종과 개량종이 있다. 재래종은 잎이 가늘고 개량종은 잎이 넓다. 김치를 담글 때에는 재래종이 적당하며 길이가 짧은 것이 좋다. 부추는 다른 채소보다 풀냄새가 더 많이 나므로 잘 다루어야 한다. 흐르는 물에 흔들어 씻고 소금보다는 멸치 젓국에 절여야 맛이 좋다.

미나리 민간약으로도 쓰이는 채소다. 주로 삶거나 데쳐 나물로 무쳐 먹기도 한다. 생미나리는 김치를 담글 때 쓴다. 편육이나 돼지고기에 데친 미나리를 감아서 미나리강회를 만들어 초고추장에 찍어 먹기도 한다. 색깔은 불그스름하고 수분이 많은 것이 좋다.

소금 음식의 맛을 내는 데 아주 중요한 역할을 한다. 우리나라는 옛날부터 소금을 많이 생산해 왔기 때문에 식품을 저장하기 위해 소금을 사용하기도 했다. 소금은 김치를 장기간 보관할 수 있도록 세균의 번식을 막아 주기도 한다. 무나 배추를 절일 때에는 굵은 소금을 쓰고, 간을 맞추거나 맛을 낼 때에는 고운 소금을 쓴다. 소금은 입자가 고르고 물기가 없이 보송보송한 것이 좋다.

굴 해산물 중 김치의 맛을 내는 데 없어서는 안 될 좋은 재료다. 싱싱한 굴 하나를 버무려진 배춧잎에 싸서 먹으면 입이 저절로 벌어진다. 영양도 만점, 맛도 만점인 굴은 하얗고 미끈하며 통통한 것이 신선하고 좋다. 김치뿐만 아니라 국이나 찌개, 전 또는 젓갈로도 쓰인다. 오래 저장할 김치에는 별로 넣지 않고, 주로 한 달 안에 먹을 수 있는 김치를 담글 때 넣는다.

젓갈 젓갈은 우리나라에서 만드는 독특한 저장 식품으로 김치의 재료로 널리 쓰인다. 따뜻한 밥 한 숟가락에 젓갈을 얹어 먹으면 맛이 끝내 준다. 젓갈은 각 지방마다 또는 계절마다 담그는 재료가 자그만치 140여 종류나 된다. 이렇게 많은 젓갈 중에 김치에 넣어 맛을 낼 수 있는 것은 60여 종류가 된다. 가장 많이 쓰이는 젓갈은 새우젓, 멸치젓, 황석어젓 등이다. 젓갈을 김치에 넣을 때에는 생젓갈을 그대로 쓰기도 하고 젓갈을 끓여 액체로 쓰기도 한다.

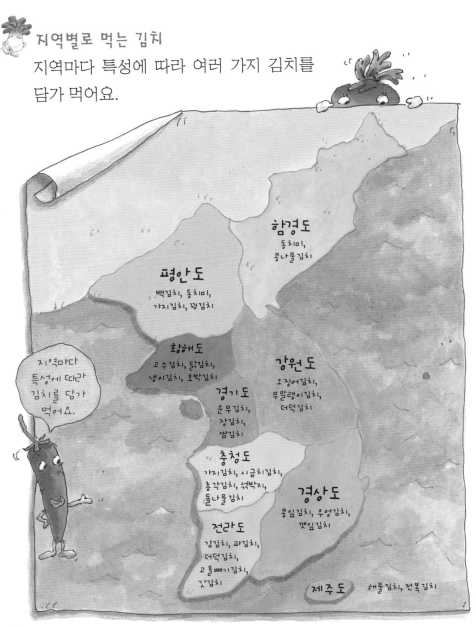

지역별로 먹는 김치
지역마다 특성에 따라 여러 가지 김치를
담가 먹어요.

함경도
동치미,
콩나물김치

평안도
백김치, 동치미,
가지김치, 꿩김치

황해도
고수김치, 닭김치,
냉이김치, 호박김치

강원도
오징어김치,
무말랭이김치,
더덕김치

지역마다
특성에 따라
김치를 담가
먹어요.

경기도
순무김치,
장김치,
쌈김치

충청도
가지김치, 시금치김치,
총각김치, 섞박지,
돌나물김치

경상도
콩잎김치, 우엉김치,
깻잎김치

전라도
갈김치, 파김치,
더덕김치,
고들빼기김치,
갓김치

제주도 해물김치, 전복김치

138

계절별로 먹는 김치

사계절이 뚜렷한 우리나라는 계절에 따라 맛있는 김치를 담가 먹어요.

봄

배추김치, 미나리김치, 갓김치, 얼갈이김치, 나박김치, 도라지김치, 죽순김치, 더덕김치, 부추김치

여름

열무김치, 오이소박이, 부추김치, 가지소박이, 오이송송이, 박김치, 수삼 나박김치

가을

배추김치, 가지김치, 굴깍두기, 갓김치, 숙깍두기, 보김치, 석류김치, 고추소박이, 호박김치, 무송송이

겨울

통배추김치, 백김치, 동치미, 총각김치, 깍두기, 호박김치, 채깍두기, 섞박지, 고들빼기김치, 해물김치, 보쌈김치

김치 만들기

절이기 겉잎을 떼고 밑동에 칼집을 넣어 손으로 쪼갠다. 소금물에 절인 다음 물로 깨끗이 씻는다.

양념준비 파, 마늘, 생강 등을 준비한다. 김치의 특성에 맞춰 파는 잘게 썰거나 길게 썬다. 마늘과 생강은 다져 놓는다. 고춧가루 준비는 당연히 필수!

다른 재료 준비 속에 들어갈 소를 만들 무를 잘게 썰고 파, 미나리, 갓 등을 준비한다.

버무리기 양념과 재료를 잘 버무린다.

소넣기 배추의 잎사귀 사이사이에 만들어 놓은 소를 집어넣는다.

저장하기 소를 넣은 배추를 독 안에 담는다.

김치는 어떻게 저장해야 하나요?

난
항아리.

김치를 맛있게 먹으려면 잘 보관해야 해요. 일정한 온도와 발효가 잘 이루어져야 맛 좋은 김치로 오래 보존할 수 있지요.

김치가 너무 시어지지 않도록 하려면 0~5℃가 가장 좋아요. 하지만 0℃ 밑으로 온도가 내려가면 얼어 버리니 주의해야 해요.

겨울철, 김칫독을 땅속에 묻는 이유는 얼지 않게 하기 위해서예요. 땅속은 온도의 변화가 심하지 않거든요.

김칫독이 없다고요? 그럼 냉장고에 보관해야죠. 냉장고에서는 0℃에서 3개월까지 보관할 수 있어요.

냉장고가 없던 옛날, 여름에는 차가운 우물 속이나 흐르는 냇물 속에 넣어 보관했어요. 우물 속이나 흐르는 냇물은 여름에도 시원했거든요.

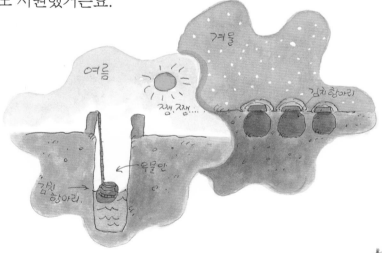

참, 김치를 꺼낼 때는 마른 손으로 꺼내야 해요. 젖은 손이 닿으면 곰팡이가 필 수 있거든요. 또 꺼낸 후에는 다시 꾹 꾹 눌러준 후 뚜껑을 꼭 닫아야 해요.

김치를 담고 있는 항아리

가마굴에서 구운 항아리에는 눈에 보이지 않는 미세한 숨구멍이 있어요. 그래서 그 속에 담긴 김치가 좋은 맛으로 발효할 수 있게 최상의 조건을 만들어 주지요. 지금도 시골에 가면 장독대가 있고, 그 위에는 여러 가지 모양의 항아리 속에 김치나 고추장 또는 된장이 보관되어 있는 것을 볼수 있어요.

하지만 요새는 납이 주성분인 화공약품으로 처리한 광명단 유약으로 만든 항아리가 많아요. 물론 천연 유약을 바른 항아리보다 싸니까 그렇겠죠?

나는 김치 항아리.

숨구멍이 있어서 최적의 발효조건이 갖추어져요.

"아주 작아 눈에 보이지 않는 항아리 숨구멍"

김치 항아리를 저장하는 김치광

우리나라는 지역별 특징에 따라 여러 가지 형태의 김치광을 가지고 있어요.

남부지역　땅을 파서 김칫독을 묻고 짚으로 위를 덮어 사용해요.

짚으로 덮어요

짚으로 만든 원뿔모양의 지붕 →

중부 남부지역　묻혀 있는 김칫독 위에 원뿔 모양의 움집을 만들어요.

대가족의 가정집　살림집의 부속 건물로 김치광을 지어 저장해요.

김치광에서 김치 좀 꺼내 오너라.

김치광 ↓

143

김치의 발효 과정

버무리 버무리.

❶ 김칫독 안에는 여러 가지 채소가 함께 버무려져 있다.

당분, 아미노산, 소금이 도와 주니까

힘이 솟는다.

❷ 서서히 김치의 발효가 시작된다. 당분, 아미노산, 비타민, 무기질 등의 성분과 소금은 서로 반응을 보이며 미생물들의 활동을 돕는다.

우리 모두 미생물을 돕자.

나는 미생물.

❸ 여러 종류의 미생물들이 유기물질들을 분해시킨다. 그리고 여기에서 나오는 에너지가 김치의 발효를 돕는다.

❹ 이러한 발효 과정을 거치면
서 김치 속에 있는 나쁜 균
들이 죽어 가고 김치 속의
유익한 균인 유산균들이 급
격하게 불어난다.

❺ 유산균의 작용으로 김치
특유의 새콤하고 맛있는
맛과 향을 만들어 낸다.

❻ 이러한 과정을 거친 김치
는 비타민 함량도 최고가
된다.

김치에는 얼마나 많은 영양소가 들어 있을까요?

비타민 A 우리 몸의 저항력을 길러 주는 영양소예요. 세포가 새로 생기는 것도 도와 주지요. 또 기도, 위, 장의 점막을 보호하는 역할도 해요.

비타민 C 면역 체계를 강하게 해 준답니다. 피부와 잇몸의 건강도 지켜 주지요. 암, 동맥경화, 류머티즘에 걸리는 것을 막아 주기도 해요.

칼슘 칼슘은 뼈와 치아를 만들어 줘요. 그래서 칼슘이 부족하면 뼈와 치아가 약해져요.

철 철이 부족하면 빈혈이 생길 수 있어요. 철은 피를 만들어 주거든요. 또한 산소 운반을 돕는 등 피 속에서 많은 일을 한답니다.

인 뼈와 이를 튼튼하게 해 줘요.

김치에 많이 들어 있는 유산균에 대해 알아보아요.

젖산균이라고도 부르며 요구르트나 치즈 등에 많이 들어 있다. 유산균은 나쁜 병을 일으키는 세균들의 성장을 막아 주는 역할을 한다. 김치의 독특한 맛과 향도 만들어 주는 유산균은 김치에 없어서는 안 될 아주 중요한 영양소이다.

146

조류독감에 김치가?

김치에 들어 있는 유산균이 조류독감을 막아 준다는 연구 결과가 나왔어요. 조류독감은 닭이나 오리 같은 가금류가 바이러스 때문에 걸리는 병인데, 사람에게도 전염될 수 있는 무서운 병이에요. 이런 조류독감을 막아 준다니 김치는 얼마나 고마운 음식인가요!

우리나라에서도 2003년에 조류독감이 퍼져, 닭과 오리 100만 마리를 도살한 적이 있어요. 7,000억 원 이상의 손해가 난 것은 물론, 사람들이 닭과 오리 고기를 먹지 않아 농가의 피해도 심각했답니다.

그런데 김치의 유산균을 조류독감에 걸린 닭에게 먹였더니 1주일 만에 대부분 나았다고 해요.

또 다른 실험에서는 사람의 독감 바이러스에도 효과가 나타났지요. 그러니 닭과 사람에게 모두 감염되는 조류독감에도, 김치의 유산균이 도움을 주는 것이지요.

조류독감이 유행했을 때 우리나라의 김치가 좋다는 사실이 퍼지면서 김치가 많이 수출되었어요.

이렇게 고마운 김치가 있으니 우리나라는 걱정 없겠죠? 김치 많이 먹고 감기 걸리지 맙시다!

 김치로 화장품을?

김치의 유산균은 세균과 바이러스를 없애 줘요. 그래서 김치 유산균으로 만든 화장품도 나왔어요.

식품이나 화장품에는 상하는 것을 막기 위해 방부제가 들어가곤 해요. 그런데 김치 유산균이 방부제보다 항균 효과가 뛰어나기 때문에 방부제 대신 김치 유산균을 쓰는 거예요. 김치 유산균은 기미와 주름 제거에도 효과가 있어요.

김치

체중 조절엔 백김치

김치는 뚱뚱한 언니나 오빠들에게 특히 좋은 음식이에요. 칼로리가 낮아서 많이 먹어도 살이 찌지 않거든요. 김치 중에서도 백김치가 체중 조절엔 제일 좋아요. 갖은 양념을 넣어 담근 김치보다 담백한 백김치가 비만을 막아 주는 데 더 효과적이죠. 또 지방간, 고지혈증, 피 속에 콜레스테롤이 쌓이는 것을 막는 효과도 더 크대요.

김치가 하는 일들

항균 작용을 해요 요구르트나 치즈의 시큼한 맛은 유산균 때문인데, 김치에도 유산균이 들어 있어요. 김치가 익으면서 유산균이 생기는데, 이 유산균은 장 속의 나쁜 균들을 꼼짝 못하게 한답니다.

변비엔 김치가 최고!

장염 · 결장염을 예방해요 김치의 재료가 되는 야채들 속에는 풍부한 섬유소가 들어 있어요. 섬유소는 변비가 생기는 것을 막아 주고, 장염이나 결장염 같은 병도 예방해 준답니다.

149

산 중독증을 예방해요 고기 같은 산성 식품을 너무 많이 먹으면 우리 몸 안의 피가 산성화되어 산 중독증에 걸릴 수도 있어요. 하지만 김치를 많이 먹으면 우리 몸이 산성화되는 것을 막을 수 있답니다. 김치는 훌륭한 알칼리성 식품이니까요.

노화를 막아 줘요 김치는 피 속의 콜레스테롤 수치를 낮춰 줘요. 그래서 김치를 잘 먹으면 동맥경화를 예방할 수 있지요. 간의 지방질도 낮춰 주고요. 김치는 항산화 작용도 하기 때문에 노화도 막아 준답니다. 특히 알맞게 잘 익은 김치가 피부 노화 방지에 효과적이랍니다.

암을 막아 줘요 김치의 재료가 되는 배추 등의 채소는 대장암을 예방해 줘요. 김치에 없어서는 안 될 마늘은 위암을 막아 주고, 그 밖에도 김치는 소화기 쪽의 암을 예방해 줘요.

성인병을 예방해요 비만, 고혈압, 당뇨병 등을 성인병이라 하는데 김치는 이런 병들이 생기지 않게 도와 줘요.

신진대사를 도와 줘요 고춧가루는 김치에 꼭 필요한 양념이에요. 고추는 위액을 잘 나오게 해 소화를 도와 주고 항산화 작용도 해요. 역시 김치에 반드시 들어가는 마늘은 신진대사를 도와 주지요. 또 마늘 친구 생강은 식욕을 돋우고 혈액 순환에 좋답니다. 종합 영양제가 따로 없네요.

신 김치가 싫을 땐

양념을 많이 쓰면 김치가 빨리 시고 무른답니다. 시지 않은 김치를 오래 먹으려면 배추를 절일 때 소금의 양을 조금 더 늘리면 돼요. 마늘이나 생강, 굴, 찹쌀풀 같은 부재료를 줄여도 덜 시어지지요. 김장처럼 오래 먹을 김치라면 양념을 줄이는 게 좋겠죠?

그래도 김치가 너무 시어졌다면 다른 방법이 있죠. 김치 한 포기에 계란 2개 정도를 파묻어 두세요. 12시간쯤 후에 계란을 꺼내고 김치를 먹으면 신맛이 훨씬 없어져 있을 거예요. 계란 껍데기는 흐물흐물해졌지만 속은 아무렇지도 않으니 계란도 먹을 수 있답니다. 또 조개 껍데기를 넣어도 하루가 지나면 신맛이 줄어든답니다.

내 알 어디 갔지?

쉽고 맛있는 김치 요리

김치는 그냥 먹어도 맛있지만 여러 가지 요리로 다양한 맛을 즐길 수 있다. 김치는 특히 탄수화물과 잘 어울려서 밥과 함께 먹으면 식욕을 돋우고 소화도 잘 된다. 또 외국의 음식과도 조화를 잘 이룬다.

❶ 김치 볶음밥:김치와 밥을 함께 볶는 아주 쉬운 요리다. 김치 외에도 양파나 당근, 고기 등 넣고 싶은 걸 넣어서 신나게 볶는다.

❷ 김치 라면:라면이 끓을 때 김치를 넣으면 끝! 신 김치가 라면의 느끼한 맛을 없애 주고 국물을 시원하게 해 준다.

❸ 김치 전:묽은 밀가루 반죽에 김치를 넣고 프라이팬에 부치면 끝! 이때도 신 김치라야 맛있다.

❹ 김치 만두:김치는 물기를 꼭 짜서 송송 썰고, 두부는 으깬다. 돼지고기는 잘게 다져 양념을 해서 볶는다. 숙주나 다른 야채를 넣어도 된다. 속을 만들었으면 만두를 빚어서 찌거나 삶아 먹으면 된다.

❺ 김치찌개:보글보글, 김치찌개는 맛있는 소리를 내며 끓는다. 물과 김칫국물, 김치를 넣고 끓이면 된다. 돼지고기를 넣으면 더 맛있다. 멸치나 꽁치, 참치도 잘 어울린다.

❻ 김치 버거:돼지고기와 김치, 양파를 다져 우스터 소스와 후추로 간을 한다. 그리고 달걀과 빵가루를 넣어 치댄 다음 둥그렇게 빚어서 굽는다. 이제 빵 사이에 끼우면 김치 햄버거 끝!

❼ 김치 돈까스:돼지고기 등심을 살짝 두드려 소금, 후추를 뿌린다. 김치와 양파는 곱게 다져 볶은 다음 서로 잘 엉기도록 달걀로 버무린다. 돼지고기에 밀가루를 솔솔 뿌린 후 깻잎을 놓고 볶은 김치를 올린 후 반으로 접는다. 접은 것이 풀리지 않게 꼬챙이로 꿰어 밀가루, 달걀 물, 빵가루를 묻혀 노릇하게 튀기면 끝!

❽ 김치 피자:김치를 썰어 버터에 볶는다. 피자 소스(케첩, 우스터 소스 등)를
만들어 준비한다. 쇠고기는 볶고 다른 야채들은 잘게 썬다. 빵반죽에 피자 소
스를 넉넉히 바르고 볶은 김치를 올린 후 야채, 고기, 치즈, 옥수수 등도 올
린다. 오븐에 30분쯤 구우면 김치 피자 끝!

❾ 김치 스파게티:김치를 잘게 썰어 물기를 꼭 짠 다음, 마늘과 양파도 곱게 다
진다. 뜨겁게 달군 프라이팬에 올리브유를 두르고 마늘을 볶아 향이 나면 양
파와 김치를 넣고 볶는다. 여기에 토마토 케첩도 넣고 볶는다. 잘 볶아졌으면
물을 자작하게 붓고 끓인 다음 간을 한다. 이렇게 만든 소스를 삶은 스파게티
면 위에 얹고 치즈를 뿌리면 김치 스파게티 완성! 김치의 매콤 짭짤, 칼칼한
맛이 스파게티의 느끼한 맛을 없애 준다.

❿ 김치 또띠아:김치를 설탕과 참기름으로 버무려 촉촉하게 볶는다. 여기에 모
짜렐라 치즈를 듬뿍 넣어 볶고, 프라이팬에 또띠아를 펴고 물을 발라가며 부
드럽고 따뜻하게 데운다. 데워진 또띠아 위에 모짜렐라 치즈와 함께 볶음 김
치를 넉넉히 얹고 반으로 접는다. 이 위에 뚜껑을 덮어 모짜렐라 치즈가 녹을
때까지 더 데우면 끝!

※ 그 밖에도 김치로 만든 여러 가지 음식이 있다.

두부 김치

꽁치 김치조림

김치 수제비

참치 김치 볶음밥

김치 비빔라면

김치 깐풍기

김치 병어조림

열무 냉면

우리나라 전통음식을 넘어 세계적인 음식으로

동쪽 나라의 낯선 음식

김치를 맛있게 먹는 외국인의 모습을 TV에서 종종 볼 수 있지요? 외국인의 입맛에는 많이 매울 텐데도 연신 입에 손부채질을 해가며, 물을 마셔 가며 꿋꿋이 김치를 먹는 재미있는 광경을 보고 있노라면 신기하기도 하고 왠지 뿌듯하기도 합니다.

하지만 처음부터 김치가 외국 사람들에게 환영을 받았던 건 아니었어요. 지금처럼 한국을 대표하는 세계 속의 음식으로 인정받기까지 꽤 많은 시간이 걸렸거든요.

1970년대 초 미국의 국회에서는 김치를 '채소에 썩은 생선을 버무린 음식'으로 낮추어 말하면서 우리 음식을 무시한 적도 있었다고 해요. 김치에 들어가는 중요한 재료 '젓갈'을 잘 몰랐기에 그런 식으로 김치를 비하하는 말을 했겠지만 지금 생각해도 자존심이 상하지요.

그때만 해도 김치는 외국에 제대로 된 정보가 알려지지 않았고 외국 사람들의 입맛에도 맞지 않아 별 관심을 받지 못했어요. 당시 김치를 처음 접해 봤던 외국인들은 김치의 매콤하면서도 새콤한 낯선 맛과 익는 과정 중에 생겨나는 시큼한 냄새, 김치 소에 들어가는 마늘, 파, 생강과 같은 자극적인 양념들 때문에 호기심보다도 거부감을 먼저 느꼈던 모양이에요.

하지만 실망할 필요 없어요. 김치의 진짜 매력은 여러 번 맛볼수록 더 입맛을 당긴다는 데에 있거든요.

시간이 갈수록 김치의 매력에 빠지는 사람들이 늘어났고, 2004년 우리나라는 처음으로 1억 달러의 김치를 수출하는 데 성공했어요. 현재는 김치 시장이 더 커졌고 중국, 일본과 수출을 경쟁하고 있지만, 작년에도 1억 500만 달러 넘게 수출을 이어가며 김치 산업은 쭉 성장하고 있답니다.

한국 문화의 힘과 함께 커져가는 김치의 힘

한국의 경제 규모가 커지고, 우리나라의 음악, 드라마, 영화와 같은 문화상품이 세계 곳곳에서 인기를 얻으며 한국 문화의 영향력도 점차 커졌지요.

10여 년 전부터 세계에 불고 있는 한국문화 바람을 '한류(韓流, Korean Wave)'라고 하는데 처음에는 우리나라와 이웃해 있는 일본, 중국, 대만 등지에서 그 흐름이 시작됐어요. 동아시아권에서부터 출발한 한류는 현재 아시아 전역, 미국, 유럽에 이르기까지 점점 그 영향권을 넓히고 있는 중이랍니다.

이렇게 문화의 힘이 커짐에 따라 김치도 점점 그 위상을 드높이게 되었는데요. 한국의 문화에 호감을 가진 사람들이 드라마에서 주인공들이 먹는 음식을 보며 그 맛을 궁금해하고, 요리법을 찾아보고, 우리나라에 여행을 와서 직접 맛을 보고 하는 과정 속에서 자연스레 한식에 관심을 갖게 된 사람이 많아졌어요.

높은 칼로리의 기름진 음식을 주로 먹는 서양에서도 채소 위주로 이루어진 한식을 몸에 좋은 건강식으로 생각하면서 미국의 뉴욕 등지에도 한식 전문점이 많이 들어서고 있다고 하네요. 외국인들이 이처럼 우리 음식을 즐겨 찾게 된 데에는 따뜻한 한류바람과 함께 우리 고유의 음식들을 세계화시키기 위해 발로 뛴 많은 분들의 땀방울이 있었다는 사실도 잊지 말아야겠어요.

그러한 노력들 덕분에 이제는 김치를 즐겨 찾는 외국인들이 제법 많아졌고요. 김치는 이제 올림픽, 월드컵과 같은 국제 행사에서 가장 인기 있는 음식 중에 하나가 되었고, 브리태니커라는 유명한 백과사전에도 김치라는 단어가 당당히 한 자리를 차지하고 있답니다.

김치를 지켜라

김치를 즐겨 먹는 사람들이 많아지자 일본에서는 한국의 김치라는 이름 대신 기므치라는 이름을 붙여놓고 김치가 원래부터 자기 나라의 음식인양 김치 종주국의 자리를 호시탐탐 노렸어요. 김치 수출이 호황을 보이자 중국에서도 김치를 대량으로 만들어 싼값에 내다팔고 있고요.

김치시장이 점점 커져가는 가운데 다행히도 2001년에 의미 있는 성과를 거두었어요. 여러 나라의 식품 규격과 기준을 정하는 '국제식품규격위원회(CODEX)'에서 김치의 국제 명칭을 기므치가 아닌 '김치(KIMCHI)'라고 정하며 우리나라의 손을 들어주었거든요. 이로써 김치는 명백한 대한민국의 것임을 다시 한번 전 세계에 정식으로 알리게 되었습니다. 그뿐 아니라 김치의 주 재료가 되는 우리나라의 배추도 2012년 코덱스에서 차이니즈 캐비지(Chinese Cabbage, 중국식 배추라는 뜻)라는 이름 대신 김치 캐비지(Kimchi Cabbage)라는 이름을 공식적으로 붙여 주었답니다. 김치를 비롯한 잡채, 비빔밥, 갈비, 두부 등 밥상에 올라오는 친숙한 반찬들은 평소에는 대수롭지 않아 보여도 세계로 나아가면 한낱 음식이 아니라 나라를 대표하는 문화가 된다는 사실 꼭 기억해 주세요.

미국의 퍼스트레이디 미셸 오바마의 김치 사랑

얼마 전 오바마 대통령의 부인, 미국의 퍼스트레이디 미셸
오바마 여사가 백악관 텃밭에서 수확한 배추로 직접 김치
를 담근 사진을 트위터에 올려 화제가 되었어요. 자신의 트
위터는 물론 백악관 음식 블로그(Obama Foodorama)에까지
김치 만드는 법을 간단히 소개하면서 사람들에게 직접 만
들어 볼 것을 권유했는데요.

'간단한 김치(Simple Kimchi)'를 담그는 3단계의 간단한 레
시피(요리법)와 함께 여러 개의 병에 나란히 들어 있는 김치
사진을 같이 올렸답니다. 미셸 오바마가 담근 김치 사진을
보면 김치색이 연하고 물이 많이 들어간 게 마치 우리나라
의 물김치와 비슷해요.

글로 남긴 김치 요리법에 대한 설명도 아주 재미있답니다. 양념엔 소금, 생강, 마늘과 함께 큰 스푼으로 설탕을 한 숟 갈 넣고, 배추에 소금을 뿌린 뒤 손을 이용해서 버무리라고 한 대목은 어머니의 손맛을 중요하게 생각하는 한식을 떠 올리게 만들지요.

끝으로 '한국 고춧가루'를 넣으라는 당부도 잊지 않은 '미 셸 오바마표' 김치는 냉장고에 4일 정도 보관한 뒤 먹으면 완성입니다.

미셸 오바마는 오래 전부터 어린이들의 건강을 아주 중요 하게 생각해왔다고 해요. 아동 비만을 경계하는 캠페인을 벌이는 등 아이들을 위한 다양한 활동을 펼치고 있는데, 그 중에서도 아이들이 먹는 건강한 음식에 관심이 많다고 합 니다.

손수 김치를 담가 한국요리를 소개한 것만 보아도 미셸 오 바마의 김치사랑을 미루어 짐작할 수 있지요. 실제로도 한 국의 김치를 아이들의 건강에 도움이 되는 훌륭한 음식 중 의 하나로 생각한다고 알려져 있어요.

살아 있는 김치 이야기, 김치 축제와 김치체험관으로!

광주 세계김치문화축제
http://kimchi.gwangju.go.kr/

1994년부터 시작된 광주의 세계김치문화축제는 올해로 꼭 20회를 맞이합니다. 매년 가을이면 열리는 우리나라의 대표적인 김치 축제이지요. 주로 우리나라 안에서 개최되지만 김치에 대한 수요가 많고, 한인들이 많이 사는 일본 오사카에서도 행사를 여러 차례 열기도 했습니다. 한때 김치를 일본 음식이라 주장하며 여러 나라에 왜곡된 내용을 홍보하던 일본에 경각심을 느끼고, 김치에 대한 제대로 된 정보를 제공하기 위해 광주는 물론 일본에서까지 축제를 열었던 것이지요. 김치는 분명 일본 음식이 아니라 우리의 음식이라는 것을 확실히 알리기 위해서였고요.

김치에 대한 풍성한 정보를 제공하고, 사람들이 보다 김치에 깊은 관심을 가질 수 있도록 유도하는 이야기장이 되고 있습니다. 김치 경연을 하고, 김치 명인을 뽑고, 김치로 만들 수 있는 새로운 음식을 개발하고, 한식을 널리 알리기 위해 애쓰고 있는 많은 전문가들이 모여 토론을 하는 등 의미 있는 행사들로 구성되어 있습니다.

김치체험관

풀무원 김치박물관
http://www.kimchimuseum.co.kr

김치의 역사, 변천사, 다양성, 우수성을 알리는 전시실을 운영하고 있어요. 김치에 대해 관심 있는 일반인, 외국인들이 언제든 찾을 수 있는 '김치 배움의 터' 역할을 톡톡히 하고 있습니다. 단체 견학도 개인적인 체험도 가능하다고 해요.

종가 김치월드
http://www.kimchiworld.org/KOR/KimChiWorld/KimChi01.asp

대상FNF 종가집 기업에서 운영하는 한식복합체험공간입니다. 주로 외국인들을 위해 김치 담그기 체험을 진행하지만, 방학 기간에는 우리나라 학생들을 위해 외국어 김치 교실을 열기도 해요.

김순자 명인 부천 김치테마파크
http://blog.naver.com/kimchik1

김순자 김치 명인 1호가 운영하는 부천 김치체험관은 외국인 관광객과 청소년, 가정주부 등을 대상으로 전통 김치 담그는 교육과 체험 행사를 실시하고 있습니다.

김치에 담겨 있는 우리 민족의 지혜

재료의 특성을 살린 똑똑한 요리법

김치의 주재료로 쓰이는 배추는 11월 중순 이후에 수확하면 당도가 높아요. 김장철과 배추 수확 시기가 맞아떨어져 더 맛있는 배추로 김치를 담글 수 있으니 딱이지요.

배추에 소금을 넣어 절이면 겉에 있던 세균이 죽고 수분은 빠져 나가요. 소금이 묻은 겉 부분은 짜고 안쪽은 덜 짜고, 이렇게 짠맛의 정도가 차이 나면서 배추 안쪽 세포의 물이 외부로 배출되는 현상이 일어나지요. 만약 배추를 소금에 절이지 않고 바로 김치를 담갔다면 배추 속에 들어 있던 수분이 점점 흘러나와 양념이 제대로 스며들지 못해 김치 맛이 떨어졌을 거예요. 소금에 절이는 것을 어려운 말로 염장이라 하는데, 이것이 바로 김치의 기본이 됩니다.

김치에 들어가는 고춧가루(고추)는 비타민C와 '캡사이신'이라는 물질이 몸의 노화를 막고, 음식에 들어갔을 땐 미생물의 부패를 방지하는 역할을 해요. 대개 김장을 하면 겨울 동안 온 식구가 충분히 먹을 수 있도록 많은 양을 만드는데, 김치에 들어가는 소금과 고춧가루는 음식이 상하지 않도록 도와서 김치가 제 맛을 낼 수 있게 한 것이지요.

온도는 시원하게, 공기는 닿지 않게

어머니들이 김장을 준비하는 초겨울이 되면 기온이 4도 이하로 떨어지기 때문에 유산균이 활동하기 좋은 환경이 됩니다.

김치 맛은 유산균이 큰 영향을 미치는데 우리나라의 한홍의 교수님이 발견한 류코노스톡이라는 토종 유산균은 김치가 숙성하는 동안 톡 쏘는 탄산가스를 만들어 내고, 김치의 감칠맛을 더해 준다고 해요.

이 유산균은 저온에서 활발히 활동하고, 염분에 강하며, 공기에 닿으면 약해지는 특성을 갖고 있습니다. 염분에 강하니까 배추에 소금을 듬뿍 넣어 절이는 과정에서도 유산균은 아무 탈 없이 살아남는 거지요. 저온에서 은근히 숙성시켜야 제 맛인 김치의 특성에 맞게 우리 선조들은 땅속에 김칫독을 묻어 저온으로 보관했고요. 그리고 그 김칫독에는 무거운 돌로 배추들을 눌러놔서 김치 표면이 공기와 직접 닿지 않도록 방지했어요.

우리 조상님들은 대를 이어가며 쌓은 오랜 경험을 통해 맛좋은 김치를 만들어내는 최적의 요리 방법을 알고 있었나 봅니다.

163

김장으로 겨울 준비 끝, 영양 균형도 딱 맞아요!

우리나라는 11월부터 2~3월까지 무려 4~5개월이나 되는 긴 시간 동안 겨울을 나요. 기온이 떨어지면 식물들은 성장을 멈추기 때문에 겨울에 채소를 먹는 건 꿈도 꿀 수 없었지요. 옛날에는 지금처럼 비닐하우스에서 채소를 재배할 수도 없고, 냉장고에 야채를 신선하게 보관할 수도 없었으니까요.

겨울이 되면 채소를 먹을 수 없어서 무기질이나 비타민 같은 특정 영양소가 모자랄 수밖에 없었는데, 우리 조상들은 현명하게 김장을 했답니다. 미리 많은 양의 김치를 담가 두었다가 겨울 내내 귀중한 식물성 음식을 섭취하면서 영양의 균형을 맞춘 거지요.

매콤새콤한 김치의 맛과 영양 속에는 오랜 세월에 걸쳐 완성된 옛사람들의 지혜가 듬뿍 담겨 있다는 사실, 여러분 꼭 기억하세요!